浙江文化艺术发展基金资助项目
PROJECTS SUPPORTED BY ZHEJIANG CULTURE AND ARTS DEVELOPMENT FUND

美人弄1号

顾志坤 著

宁波出版社

序

我参加了
攻克小越伪军据点的战斗

2023年是浙东第一次反顽自卫战取得胜利80周年。作家顾志坤同志历时4年,创作了纪实文学作品《美人弄1号》,讲述了抗日战争时期8位年轻的女地下党员,以开烟厂为掩护,在情报战线上与日伪斗智斗勇,最后,为浙东第一次反顽自卫战立下大功,受到了纵队首长表扬的故事。

我是这次自卫反击战的亲历者,尽管我已97岁了,但这次战斗还是历历在目,不能忘怀。

1942年底前,国民党顽固派驱使"忠义救国军"艾庆璋部"进剿"我浙东第三、四、五支队,我军于11月28日展开了浙东第一次自卫反击战,经登州街、黄家埠、谢家塘等战斗,歼灭艾部2000余人。艾庆璋仅带少数残余,逃进了小越镇伪军季槐林部的太史第台门里。当时,我们还不知道艾庆璋逃跑的去向，正要派侦察员打听他的下落时，大山下美人弄卷烟厂的同志们及时给我们送来了情报，才知道艾庆璋已逃入小越镇伪军据点了。

为此，指挥这次战斗的刘亨云参谋长决定率第四支队，于12月14日晚向小越伪军据点发起攻击。当时我带了一个2.5瓦的小功率电台，跟在刘参谋长的后面，刘参谋长见到我后说："你就不要去了。"

原来，刘参谋长要求我们电台机关和后勤等非战斗人员在原地留守。尤其是电台人员，为保证他们的安全，没有他的批准，谁也不准参加战斗。

但是我一定要求去，说："我是电台报务员，就应跟在首长身边。"

刘参谋长还是不同意，说："你又没有枪，靠什么去消灭敌人？"

我说："我是'抗大'毕业生，学过军事，没有实战经验，可以跟您到战场锻炼一下；没有枪，可以从敌人手里夺！"

刘参谋长说："打了这一仗，我就给你一把手枪，但你还是不去为好！"

见我没有吭声，刘参谋长知道说不动我，便说了句："你这个小鬼！好吧，你就同我的警卫员在一起，不许乱跑，注意安全。战斗结束后，马上向何司令、谭政委报告战况。"

"是！"

于是我拿个手电筒，同电台运输班班长沈林根、刘参谋长的警卫员陈才林一起，跟着首长出发了。经大半夜急行军，于15日凌晨2点多到达目的地。我们跟着刘参谋长和第四支队张季伦副支队长（队长吴建功只是挂名，不在队，支队由张季伦同志负责）走在尖兵班后面。伪军据点在小越镇的河边，镇口石桥上架着机枪，由伪军一个排哨据守。此时敌人大都在睡梦中，只有哨兵站岗。只听得前面有敌哨兵喝问："口令？"我尖兵班立即每人回敬一枚手榴弹，同时刘参谋长喝令："吹冲锋号！"伴着十几枚手榴弹"轰隆隆"的爆炸声，我身后3名号兵同时吹响冲锋号，尖厉急促的号音响彻夜空。张季伦副支队长举起驳壳枪，大声命令："跟我冲！"带领第四支队数百名勇士跑步蜂拥过桥，凶猛冲进镇中敌据点。我跟着刘参谋长，也紧随其后冲进据点。镇口敌排哨全在被窝中被我前哨活捉，镇内敌人也从睡梦中惊醒，未及抵抗，大多被堵在屋内当了俘虏。

我们跟着刘参谋长冲进敌司令部太史第台门。我带着沈林根踹开一扇房门，只见一伪军军官坐在被窝中，正慌忙地在穿棉上衣。我大喝一声："不许动！"同时左手按亮手电筒并对准他的眼睛，只见他本能地伸手遮挡手电筒光柱，另一只手却慌乱地伸向枕头底下。我又大声喝叫："举起手来！"边喊边抢上一步，从他的枕头下面搜出一把手枪。这时我身后的沈林根一步上去，将他从被窝里拖了出来，然后交给支队集中处置。当时我用手电筒照了一下那把手枪,发现是一把锈迹斑斑的"扁七"手枪,但心里还是很高兴,因为毕竟是自己缴获的一把手枪。

  从房间里出来,我们又跟着刘参谋长冲进了另一个大房间,只见房中大床上的棉被已被掀起,一双长筒毛皮靴还立在床前,房里的人却不知所踪,床栏上搭着一件全新的毛皮大衣和一条军用皮腰带,腰带上串着的手枪皮套里插着一把小手枪。参谋长伸手将手枪拔了出来,一看,是把乌光铮亮的崭新"扁七"手枪,说了句:"好枪!"便把它插回枪套,连同皮腰带一起,往警卫员陈才林的颈项上一挂,说:"给我拿好!"这时,陈才林发现床头还有一只崭新的红色小提箱。因锁着,一时打不开,刘参谋长就把它交给我,说:"你先拿回去,再设法打开看看,里面可能是重要文件。"(当天我们回营地后打开,发现里面装的全是账簿,可见伪军占据一方,不但鱼肉百姓,还依仗权势经商敛财。)经确认,这里原来是伪军司令官季槐林的卧室。他在睡梦中惊醒后,连大衣、皮靴、腰带、手枪等都来不及穿戴,慌忙爬出被窝,只抓起一件棉袄,就惊恐地同几个随从赤脚逃出了房间。镇边山上碉堡里的伪军虽进行了抵抗,但均被张季伦副支队长所率四支队于拂晓前全部解决。除季槐林、艾庆璋等少数人漏网逃脱外,全歼伪军400余人和艾部残余。不但铲除了小越镇伪军据点,也胜利结束了浙东第一次反顽自卫战。

序

15日早晨，部队集合，准备返程。我和刘参谋长站在集合场上，只见几位中队长正站在各自队前喊口令整理队伍。这时，刘参谋长见有一位中队长的肩上斜挎着一把快慢机（德国造20响，可连发或单发的木壳手枪，俗称驳壳枪、匣子炮），腰间皮带上还别着一把小手枪，他就走到这位中队长跟前。中队长立即立正向刘参谋长举手敬礼，刘参谋长还礼后，笑眯眯地伸手拍了拍他的快慢机，又指着他腰间的小手枪，说："拿出来看看。"中队长立即将那把小手枪从皮套中拔出，递到刘参谋长手里。刘参谋长把小手枪掂了掂，说："不错，好枪！"又对他说："你有了快慢机，还要这小手枪干啥，上缴了吧！"说着，又要他把腰带上的手枪套也解下来，转身招呼我走过去，把枪和皮套交给我，说："这枪就给你了！"我接过枪一看，这是一把德国产6英寸毛瑟小手枪，不仅比"扁七"小巧得多，而且有八成新，还闪着蓝光，我心中的高兴难以言述。当时我退出弹匣一看，里面还有5发子弹，我又对那位中队长说，能不能再给我几颗。中队长又从口袋里摸出几粒子弹，说："只有这么多了，全给你吧！"我连声道谢！我真的很喜欢这把小手枪，抗日战争和解放战争期间就一直带在身上。遗憾的是，当时没有问那位中队长的名字，后来也再无机会见面。但我的心中，却一直记着80年前曾送给我这把手枪的浙东老战友！（那把我自己缴获的旧手枪后来给了施乐之。）

另外,后来我才知道,刘参谋长的警卫员陈才林同志当时也想要这把小手枪,但因为他已经有了一把驳壳枪,就把这把小手枪让给了我。陈才林是1942年夏与我一起随何克希司令员、刘亨云参谋长等从苏中到浙东的。他本是何司令的勤务员,到浙东不久后就调到刘参谋长身边任警卫员(刘参谋长原来的警卫员提干到战斗部队当排长了)。陈才林诚恳热情,工作积极,作战勇敢机灵。我们当时都是17岁,相处得很好,我和刘参谋长还是他的入党介绍人。后来从浙东北撤到山东后,在1946年的泰安战役中,他牺牲了,至今我仍很怀念他!

　　现在,顾志坤同志创作了长篇纪实文学《美人弄1号》,作为在第一次反顽自卫战中参加过小越攻坚战的老兵,我感到非常高兴。这本书不仅真实地记录了这一段历史,同时,对我的老战友、曾参加过这次战斗的陈才林烈士,也是最好的祭奠和告慰。

　　是为序。

2022年11月于无锡军分区干休所

目　录

序章 ·················· 001

风云突变
- 起疑 ·················· 005
- 开张 ·················· 012
- 立足 ·················· 027
- 摸底 ·················· 031
- 接头 ·················· 039

险象环生
- 偷窥 ·················· 053
- 骚扰 ·················· 062
- 臭弹 ·················· 068
- 调离 ·················· 084
- 喜讯 ·················· 094

精心布局

- 暗铃 103
- 分店 107
- 遇险 116
- 内线 123
- 重任 127
- 护送 134

巧除毒蛇

- 驱蛇 155
- 遇蛇 161
- 惊蛇 175
- 斩蛇 186

紧急任务

- 夜归 193
- 受命 204
- 探穴 210
- 闯窟 223

目 录

智闯虎关
- 乔装 237
- 闯关 243

反顽立功
- 觅敌 255
- 歼敌 261

新的战斗
- 嘉勉 275
- 新程 281

尾章 285

后记 295

序章

夜色深沉，四下寂静。唯有寒风掠过树梢，发出尖锐的哨声。

凌晨，在小越镇福祈山下大山下村美人弄1号的灶间里，窗户被黑布遮得严实，里面没点灯。有两个人弯着腰，借着一点自然光，在忙碌着。

"轻点，"黑暗中传来一个女人轻轻的叮咛声，"对，把这块墙砖挖开。"

"挖开了。"

"好，把这东西放进去。"

"这是什么？"

"文件。"

"放好了。"

"把这也放进去。"

"这又是什么?"

"枪……"

"啊?"

"嘘……轻点,别大惊小怪的,快把砖盖上。"

"盖上了。郭姐,你怎么会有枪啊?"

"别多问,以后告诉你。把砖盖紧实,别被敌人发现了。"

"发现不了,郭姐,天亮后我再检查一遍。"

"好,抓紧睡觉。"

"是。"

风云突变

起疑

1941年12月6日,早晨,小越镇大山下村。

这是一个乌云密布的日子,乌云厚厚地堆在头顶上,仿佛只要一伸手,就能撕下一块来似的。村后的福祈山此刻也被乌云笼罩着,令人感到有点透不过气来。福祈山其实不高,其主峰海拔还不到140米,但在整个小越镇区域内,它已是制高点。大山下村就坐落在福祈山的山脚下,整个村庄呈散状半月形,依偎在山的西南面。村前有一条约20米宽的百谢河(从百官镇到谢家塘镇的河道),南接曹娥江畔的重镇百官镇,北抵虞北重镇谢家塘镇,是一条客货两运的水上要道。因大山下村是个有着上千人口的大村庄,又位居周边多个村落的中心,故在村中福凝庵旁河边建有一个简易的码头。任何南来北往的客货船,只要经过大山下村,都要停靠

一下,或装卸货物,或上下船客,一日三班,从不间断。

这天早上8点钟刚过,有一艘从上虞县城丰惠镇经百官镇往谢家塘镇和终点崧厦镇的客货快船经过大山下村码头。因早班船主是一个癞子,故村里的人惯称这船为"癞子快船"。"癞子快船"由三支橹摇动,中间一支大橹,左右两支小橹,前面又有纤夫背纤,故速度要比一般的船快1倍左右。客货船靠岸后,从船舱里出来十几位当地的船客,另外还有两位面孔陌生的姑娘,从她们风尘仆仆、手臂里挽着包裹的情形看,应是第一次来这里。这不,她们一上岸,就问一位在船埠上卖油氽臭豆腐干的中年汉子:"大哥,美人弄1号怎么走?"中年汉子正在忙着氽臭豆腐,头也不抬说:"一直走,穿过祈山小学,往八字台门方向,到了山脚边就是了。"

大约过了6个多小时,又有一班客货船泊在大山下村码头边。上岸的人中除了大山下村几个村民,又有几位陌生的姑娘,她们上岸以后,又问这位在码头上氽臭豆腐干的中年汉子:"大哥,美人弄1号怎么走?"中年汉子一听,怎么这么巧,又是去美人弄1号的?但当时他也并未多想,又把去美人弄1号的路线给她们说了一遍。没想到更巧的事还在后面,当天傍晚最后一班客货船停靠在福凝庵旁的码头上时,本地的船客已经没有了,只有几位陌生的外地姑娘,她们登岸以后,站在福凝庵的门口,东张西望,看样子是要问路。但附近已经没有路人了,只有一位氽臭豆腐干的中年汉子正在收摊,于是,姑娘们便走上前去,问:"大哥,美人弄1号怎么走?"

"咦!今天这是怎么了?来了3批陌生的姑娘,去的竟是同一个地方:美人弄1号。美人弄1号已经关了很多年了,她们去那里干什么?"尽管中年汉子的心里充满疑惑,但他却没有把疑惑流露在脸上。于是,他告诉了姑娘们去美人弄1号的路线。在最后一班客货船离开码头后,便迅速收摊,然后快步走进了村中的八字台门里。

台门里的主人叫陈承林,四十来岁的年纪,秃顶,过早发福的身躯看上去有一点臃肿。此时他刚吃完晚饭,正躺在一把藤椅上咕噜咕噜地吸着水烟,见在码头摆臭豆腐摊的陈水根匆匆走进来,便直起身子问:"什么事,水根?"这个叫水根的人回身把门掩住,走到陈承林跟前,弯下腰悄声说:"镇长,今天村里来了几批陌生人,全是女的。"

"陌生人?女的?"

"对。"

"她们来村里干什么?"

"不知道。"

"也没说找谁?"

"没说。她们都说到美人弄1号,这不是赵煦照家吗,她们到这里干什么?"

陈水根这么一说,陈承林似乎想起来了。原来3天前陈承林在小越街上碰到过赵煦照,赵煦照曾告诉他说,有人要租她的房子办一家土烟厂。莫非土烟厂要开张了,这些女工都是来烟厂做工的?于是便对陈水根说:"有人要租赵煦照的房子办一家土烟厂,这些人可能是来做工的,赵煦照与我说过这件事。"

"哦。"陈水根一听是这么一回事,也就不再说什么。刚要转身离去,陈承林又把他叫住了,从袋中摸出一块银圆,塞到他的手里,说:"最近三北(抗战时期的三北,指的是余姚、慈溪及镇海北部地区)共匪的地下活动很猖獗,码头上你要多盯着点,一发现可疑的人,立即向我报告。"

陈水根说:"镇长您放心,凡是从大山下码头上来的陌生人,我一个都不会放过的。"

陈承林又提醒陈水根:"以后不是特别紧要的事,你少来我家里,以免引起别人的怀疑,你可以到小越镇公所找我。"

"我记住了,镇长。"

陈水根离开八字台门后,陈承林也起身走出了台门。八字台门在大山下村算得上是一座大建筑,背靠庵基山,坐北朝南,由上五间楼、中五间楼、下五间楼组成,二层为相连相通的走马楼,里面雕梁画栋,十分气派。台门呈八字,朝南敞开,门楣上端的砖砌雕楼上,刻着四个榜书大字"紫气东来"。台门由陈承林的父亲所建,老先生经年在外经商,是村里有名的大富人,不仅在乡下有田地数百亩,还在上海、宁波等地开有银楼及钱庄。老先生虽富甲一方,为人却乐善好施,又极为谦恭,很像陈氏族里的前辈陈春澜,专做好事和善事,为此颇受乡民的好评和敬仰。但到了儿子陈承林这一辈，境况就大相径庭了。陈承林不仅不继承父训，反而在当地仗势欺人、压榨百姓。最后，他竟投靠日伪，与汪伪军头目季槐林、滕祥云、王长根、黄八妹等人称兄道弟，相互勾结。还在小越镇上驻扎的伪上虞县保安队"司令"季槐林的力荐下，出任伪小越镇镇长一职，专事搜集我地下党的情报，破坏我地下党的组织，抓捕和残害我地下党员和进步人士。对此，当地百姓只要说起陈承林其人其事，无不咬牙切齿，恨之入骨。

陈承林年轻时曾有过一个绰号，叫作"大炮"，这是当地百姓给他取的，意即脾气暴躁，说话不顾场合，口无遮拦，像大炮一样乱放。但现在的陈承林已经不是"大炮"了，在小越镇镇长任上的历练中，尤其是多年来与中共地下党的生死缠斗中，他变得精明多了。刚才陈水根向他报告的这件事，要是在以前，他可能会直接到美人弄1号去找赵煦照，问问招来的这些姑娘是什么人，甚至还会检查她们的良民证。但现在他不会这么干了，万一这些人真的与三北的共党游击队有关系，他这样贸然闯进去，不就打草惊蛇了吗？

怀着重重的心事，陈承林来到了台门外面的一个大道地上，这是村民平时集聚的中心。此时夜幕降临，寒风凛冽，道地上已空无一人，只有道地左侧百十米远的祈山小学内，还闪着几点昏黄的灯光，那是学校的教员们在备课或批改学生的作业。据镇侦缉队向他反映，这所学校中有几个年轻老师最近常外出去县城和百官镇,行迹诡秘,很有可能是共党的地下党员,但因为没有把柄,暂不抓捕他们。

离道地左侧不远的那几幢平屋,就是美人弄1号。此刻,陈承林似乎听到了赵煦照和那些姑娘们说话的声音,"这些陌生的女人来这里干什么呢?"陈承林不止一遍地问自己。在不断涌起的疑云的驱使下,他曾几次朝美人弄1号方向挪动步子,但是他很快又站住了,心里说:"不能去,得看一看她们究竟在搞什么花样经。"

这时一股凛冽的寒风从福祈山上刮下来,钻入了陈承林缩着的脖颈里,他打了一个长长的寒噤,随即转过身,钻进了那半闭着大门的八字台门里。

"要不要叫'小钢炮''机关枪'他们去摸摸底?"晚上睡觉时,陈承林的老婆问。

绰号"小钢炮"的人叫陈宗学,是大山下村陈氏家族中的第二条"好汉"。此人心狠手辣,目标精准,像小钢炮一样,凡被他锁定的对象,大多跑不掉。另一条"好汉"叫程加富,是陈承林屁股后面的小跟班。此人是"请财神""绑肉票"的老手,偷鸡摸狗、男盗女娼的行家。一句话,只要有利可图、有财可抢,不论大的小的、多的少的,他都横扫统吃,故有"机关枪"之称。这两人都是当地有名的"破脚骨[1]",名声很臭。尤

---

[1] 破脚骨:浙东一带的百姓对专门偷鸡摸狗、寻衅滋事的地痞流氓的称谓。

其是"小钢炮"陈宗学,自宁绍沦陷后,日伪军占领了小越镇,他一时竟成了小越镇上日伪军的红人。不仅欺压百姓,鱼肉乡里,为讨好日伪主子,他凭着自己熟悉当地环境和人事的优势,更是多次带着日伪军下乡扫荡并突袭抗日游击队驻地,残害我多名地下党员和游击队战士。如果说绰号"大炮"的陈承林是当地一个坏蛋的话,那么,绰号"小钢炮"的陈宗学,便是坏蛋中的坏蛋。当地百姓只要说起大山下村的"两门炮""一挺枪",无不胆战心惊、咬牙切齿。

但这时的陈承林,已不是当年口无遮拦、常出口伤人的"大炮"了。他现在是小越镇镇长,虽然他与"小钢炮"陈宗学和"机关枪"程加富是一根藤上的三只毒瓜,但至少在公众面前,他要与他们保持距离了。

故陈承林听老婆提起要"小钢炮"陈宗学和"机关枪"程加富帮忙,当即便表示了反对,说:"这事别叫'小钢炮''机关枪'掺和,他们只知道打打杀杀,成事不足,败事有余。万一这烟厂真与三北游击队有关系,就是一条大鱼,不能让他们两人给搅黄了。"

"要不我先去探探?"陈承林的老婆说。

"你也不要去,烟厂还未开张,不能打草惊蛇。但你得给我看住美人弄1号。"

"知道了。"

开张

已经冷清了很久的大山下村终于又响起了鞭炮的声音,鞭炮声是从村后福祈山下的美人弄方向传来的,因为是早晨,"噼啪"作响的鞭炮声就显得越发清楚。听到了鞭炮声的村民,便怀着好奇,三三两两地朝美人弄方向走过去。

美人弄其实是一条很窄的小弄堂,全长不过百米,最窄的地方只能穿过一个人。弄堂原来并无名,据传是弄内有个叫陈宫帮的人生了4个女儿,个个如花似玉、美若天仙。村里有个才子,一天经过弄堂,灵感一闪,脑海中跳出一个名字:美人弄。从此以后,这"美人弄"的名字便被人们记住,一直沿用至今。

美人弄内共住有7户人家,最大的一户为三间高平屋,坐北面南,前面是一块红石板天井,四周围着围墙,围墙正中开着一扇墙门,墙门顶上拱形门斗下的门匾上写着"国泰民安"四个字。不过这屋并无人居住,因屋主陈百近在上海经商,此前只逢年过节和清明扫墓时,才回家小住三五日。但自宁绍沦陷后,日伪军进占了大山下村旁的小越镇,还常到村里来骚扰,抢东西、抓民夫,原本安宁的老家已是"国不泰,民不安",他就不敢再回老家来。之后不久,陈百近又与住在大山下村的妻子赵煦照离了婚,他就更不愿意回来了。而这三间高平屋,自然也归了前妻赵煦照所有。

在美人弄的东侧弄堂口,这时已聚集了许多村民,大家的目光都盯着赵煦照的家。赵煦照的家就在美人弄的弄堂口,那块门楣上钉着的"美人弄1号"蓝色搪瓷门牌早被人擦得锃亮。此刻,她家的大门敞开着,有不少人进进出出,刚才的鞭炮声就是从里面的天井内传出的。

正当大家议论纷纷时,只见从里面走出一个年轻的姑娘,高挑的个儿,穿着蓝色的旗袍,外套一件鹅黄短呢子大衣,脖子上还围着一条雪白的围巾。有认得她的人便与她打招呼:"陈小姐好。"原来这"陈小姐"就是大山下村人,名叫陈滋萱,在外改名周天军。其父陈宫来,长年在外经商,是大山下村一有名的富商。陈滋萱的家就在美人弄前面,在整个大山下村,除了八字台门,陈滋萱的家也是一幢颇有气派的大宅院:楼房、庭园、厢房、高墙,尤其是她家正门门楣上刻着的"太邱世泽"四个楷体大字,可看出屋主人敬祖承德、润泽后世的德行和追求。

不过陈滋萱现在并不住在"太邱世泽"的大宅里，1937年她在春晖中学读书时，全面抗战爆发，学校停课，刚回到家里没多久，在上海大公职业中学天台分校学习土木工程专业的二哥陈宗钰（陈史展）也回来了。陈宗钰此时已在学校秘密加入了中国共产党，他见妹妹在家里待学，便把她带到了天台，介绍她到县政工队从事抗日救亡活动。陈滋萱加入政工队之后，在二哥的教育引导下，积极投身抗日救亡活动，由于工作出色，于1939年12月也加入了中国共产党。之后，由于天台敌情日益严峻，身份已经暴露的陈宗钰无法再在天台待下去，便在党组织的安排下，赴皖南新四军教导队学习。陈宗钰离开后，陈滋萱也在不久之后被组织上派回老家上虞，与上虞县工委宣传部部长赵平接上关系后，先后以前江小学、五车堰永兴小学教师的身份作掩护，从事党的秘密情报工作。

这次，很久没有在大山下村露过脸的陈家大小姐突然出现在烟厂的开张仪式上，自然引起了村民的议论。但议论来议论去，仍无法解开他们心中的疑团：一个家财万贯的富家大小姐，怎么会参与一家小小烟厂的开张仪式呢？莫非她是背后的老板或其中的股东？但这似乎又说不通，因为陈滋萱家里有的是钱，他们不会去开这样一家手工小烟厂。那又是为什么呢？

答案当然只有陈滋萱知道。

大约四个月前的一个晚上,天气有点热,五车堰永兴小学外,几只野狗正吠得厉害。刚在宿舍里备完课的陈滋萱正要上床休息,突然听到从窗外传来三下轻轻的叩击声,她下意识地支起身来,轻轻地问了声:"谁?"外面没有应答,接着又是三下加两下轻轻的叩击声。啊,陈滋萱的心顿时狂跳起来,这是党组织派人联络她的暗号。自宁绍陷落,小越一带被日伪军占领后,她已很久没有见到自己的同志了。没想到现在党组织竟然来联络自己了。怀着激动的心情,陈滋萱披衣下床,并迅速打开房门。为安全起见,她没有点燃油灯,同时,按单线联系的组织纪律,她也没有告知学校里的其他几位党员同志。

在学校围墙外的一个拐角处,陈滋萱见到一个模糊的人影贴在墙边,她也不看是谁,就奔上前去抓住那人的手,连连说:"我可见到你了。"

那人在黑暗中"扑哧"一笑,说:"还是大大咧咧的,也不看清我是谁,万一我是个坏人呢?"陈滋萱一听这人说话的声音,激动得心都快要跳出来了。因为她听出面前的这个人是谁了,是赵平,赵部长来了。

是的,来人正是中共上虞工委宣传部部长赵平。赵平是诸暨人。1940年10月后,由于国民党消极抗日,积极反共,白区环境日益恶化,组织上为防止一些思想偏红的当地干部和党员受国民党暗害,不得不将这些干部和党员悄悄调往外地,再从外地调来一些干部和党员来领导当地的抗战。赵平正是在这个时候,被组织上从诸暨调来上虞任宣传部部长的,与她差不多同时调来上虞的还有周明和赵虞。周明是从诸暨转新昌调到上虞的,他接替傅志评任上虞工委的书记,从嵊县调来的赵虞任组织部部长。按当时上级规定,党员在100名以下、工作基础比较薄弱的县一般不建立县委会,只成立县工作委员会,简称"县工委"。上虞县工委就由周明、赵虞、赵平3人组成,县工委的直接领导为宁绍特委的领导杨思一和马青等。

新调来上虞的3位领导为尽快站稳脚跟,避免引起敌人的怀疑,便以合法的职业为掩护。周明先后在横塘的徐家岙和永和市(今永和镇)上的万家小学当教师,赵虞以流动小贩和在船上捯鱼作掩护,赵平除在徐家岙兰阜小学教书外,还去过永和市的街上摆过摊。因人地两生,举目无亲,3人为防止敌人的突然袭击,常常要东躲西藏,过着衣食无着、颠沛流离的生活。尽管如此,上虞党的秘密工作,还是开展得有声有色。今天晚上,赵平正是奉县工委之命,为一项新的秘密工作来找陈滋萱。

"现在的形势非常严峻,连春晖中学也被迫关门了。"在学校后面的一条小河边,赵平边走边神情严肃地对陈滋萱说:"日军占领浙东后,已在上虞的百官、曹娥、崧厦、五夫、五车堰、丰惠、夹塘等集镇和交通要道设立了据点,社会上的一批散兵游勇、地痞流氓、小枪帮和'烧毛部队'也被伪化,成立了所谓上虞县保安队、自卫队等。据了解,现季槐林部就驻扎在小越,滕祥云部抢占了崧厦,李华良部盘踞在五夫,黄加兴部占据了百官,他们与日本人相互勾结,残害百姓,搜捕我地下党同志。以后,我们的斗争环境会越来越恶劣。"

"我看到小越镇上的汪伪军已在马面山上建碉堡了。"陈滋萱气愤地说:"听说国民党正规军和杂牌军有20万人的部队在浙东,日本兵一来,他们竟然一触即溃,望风而逃。他们不仅不去抵抗日本兵,还扬言要对共产党下手,真是岂有此理。"

赵平冷笑一声说:"不是'扬言',而是早已动手了,'皖南事变'中,我们有很多同志不就牺牲在他们的手里吗?"

陈滋萱站住说:"赵部长,那我们怎么办?上级有什么指示?"

赵平环顾了一下四周漆黑的田野,压低声音说:"我今天就为这事而来。针对当前形势,省委指示我们,要'荫蔽精干,长期埋伏,积蓄力量,以待时机'。根据省委精神,县工委要求一些还没有引起国民党注意、有条件在原地坚持斗争的同志,要利用各种社会关系,以公开职业为掩护,隐蔽埋伏,等待时机。为此,决定要在你的老家大山下村,设立一个秘密情报站,以配合三北游击区工作。"

"情报站?"陈滋萱一听便兴奋起来。

"对,"赵平说,"为了打击日伪军,我们要严密监视日伪的行动,这就需要我们搜集大量准确的情报。大山下村地处交通要道的十字路口,村旁的制高点福祈山,虽然海拔不到200米,但东西可扼杭州、宁波方向,南北可窥虞南虞北方向,是个搜集情报、传送情报和监视敌人动向的理想地方。"

"可是……"

赵平见陈滋萱欲言又止,便问:"可是什么?"

陈滋萱说:"大山下村离小越镇的伪军据点这么近,在敌人的眼皮子底下设立情报站,是不是太危险了?"

赵平一听,竟轻轻地笑起来,说:"是危险,但有时最危险的地方往往最安全。"

陈滋萱说:"既然组织决定了,我一定坚决执行。我的任务是什么?"

赵平说:"我们想在大山下村开办一家手工卷烟厂。"

"手工卷烟厂?"

"对,以手工卷烟厂作掩护。因机制卷烟厂投资大,苛捐杂税重,我们没有那么多钱。手工卷烟厂投资少,工艺简单,资金周转快,且土烟丝也容易搞到。另外在卖烟时,我们的人可到处流动,便于搜集和传送情报。"赵平本想把县工委为了搜集情报,已在百官下市头开办了一家战胜女子商店,以及在韩夏小学以浙东卷烟公司的名义开办了一家小手工业作坊的事告诉陈滋萱,但党的秘密工作纪律提醒她,这事不能告诉任何人,包括自己的同志,于是说:"我们需要你在大山下村物色几间房子做厂房,租金我们会付的,但房东一定要可靠。"

陈滋萱一听赵平要她在大山下村找房子,马上便想到了一个人,笑着说:"有了,我四妈家就有几间空房子。"

"你四妈?"

"对,我四妈。"

陈滋萱说的四妈叫赵煦照,就是她婶婶。赵煦照是从白马湖春晖中学旁的赵岙嫁到大山下村的,丈夫陈百近在上海宝大裕钱庄当襄理,家中有良田数十亩,在大山下村虽不是最有钱的富户,但也算是殷实人家。陈百近此前曾娶过两房妻室,均在婚后不久就病死,后经媒人介绍,遂又娶了赵岙私塾先生的女儿赵煦照为妻。赵煦照幼时曾读过几天私塾,不仅粗通文墨,且为人乐观豁达、聪慧勤快,未出嫁前,曾是家中的顶梁柱。但自嫁到夫家之后,因出身贫寒,尽管她起早摸黑服侍婆婆、丈夫、小姑子以及生肺痨的小叔子,仍不受待见,还常常受到夫家的歧视辱骂甚至殴打。

淞沪抗战爆发时,赵煦照正好带着女儿陈立强(夏永生)在上海探望丈夫,不料丈夫陈百近为了逃命,竟狠心地将她们母女俩抛弃在炮火连天的闸北战场上,只身逃回大山下村。赵煦照只好带着15岁的女儿,随着大批难民,在横飞的子弹和日军飞机的狂轰滥炸下,逃出火海,辗转回到大山下村。刚踏进门槛,就遭到了丈夫、婆婆的恶骂和毒打,并扬言要将她逐出家门。在忍无可忍之下,赵煦照开始奋起抗击,最后与夫家彻底决裂,并为自己和女儿争得了一份她们该得的财物。陈滋萱说的婶婶赵煦照的空房子,就是赵煦照从夫家争取来的在美人弄1号的3间高平房。

"那太好了。"听了陈滋萱的介绍后,赵平当即就表示同意,说:"看来你四妈是个很有反抗精神的人,你要好好争取她,说不定以后会对我们有大帮助。"说到这里,赵平突然想起一个人来,问陈滋萱:"这么说来,春晖中学的学生陈立强与你是一个族里的?"

陈滋萱说:"对啊,她是我堂妹。您知道她是谁的女儿吗?"

赵平说:"这我倒不知道。"陈滋萱轻轻地笑着说:"她就是我四妈的女儿啊。"

"哦,怎么这么巧啊。"说到这里,赵平把嘴凑到陈滋萱的耳旁悄悄嘀咕了几句,陈滋萱一听,吃惊地说:"她也加入了?"

"对,就在今年6月份,是一个很好的同志。这事我违反纪律了,你得保密啊,不能跟你四妈和其他同志说。"

"其实四妈早就知道了,"陈滋萱轻轻地笑着说,"我堂妹上个月去苏中抗日根据地时,就是四妈亲自送到上海的,回来时还问我去不去。"

说到这里,陈滋萱突然想起一件事,提醒赵平说:"部长,我想起一件事,我们村里有个伪镇长陈承林,还有日伪的狗腿子陈宗学和一个叫程加富的'破脚骨',都是头顶生疮、脚底流脓的坏人,我们不得不防啊。"

赵平说:"这3个人,组织上已做过调查。如果他们不出来公开捣乱,我们就暂时不动他们;如果他们敢勾结日伪进行破坏,我们就会采取措施。"

"太好了。"

突然,赵平问陈滋萱:"你二哥有消息吗?"

赵平说的陈滋萱的二哥就是陈宗钰。本来兄妹之间常有书信往来,自陈宗钰赴皖南参加新四军之后,就再也没有给陈滋萱写过信。经多方打听,陈滋萱才听说二哥在突围途中遭敌袭击,被捕入狱。后来去皖南投奔二哥的大弟陈宗琰也在突围时被打散,至今生死不明。

"听说二哥现在被关在上饶集中营,大弟还是没有消息,据其他突围出来的战友说,八成已牺牲了。"陈滋萱含着眼泪说。

"你们真是满门忠烈啊!除了这两位兄弟,你的大哥陈宗潭也为我们党做了许多事,还有你的堂妹陈立强,党和人民是不会忘记的。"

就这样,陈滋萱回大山下村找到了四妈赵煦照,与她一说租房的事,赵煦照便一口应允,说:"没问题,你们去用好了。家具不够的话,跟我说,我来想办法。"说罢就把钥匙交给了陈滋萱。见旁边没有人,陈滋萱便悄声问赵煦照:"四妈,阿强在那边好吗?"赵煦照一听,脸上顿时泛起了一抹红晕,说:"好!说每天'出门暗蓬蓬,回来打灯笼',忙得很,也开心得很。"陈滋萱说:"阿强是个有出息的姑娘,我真替她高兴。"

话毕刚要走,赵煦照又把她叫住了,见旁边没有人,就悄声问:"阿萱,你这几年很少回大山下,来无影去无踪,一会儿听说在当教员,现在又要开烟厂,神神秘秘的,莫非也与那边有关系?"赵煦照说到"那边"时,朝北边的临山方向努了努嘴。陈滋萱一听,脸色顿时变得严肃起来,悄声说:"四妈最好不要问,这事以后您自会知道的。"赵煦照说:"你放心,四妈心里明白得很。以后你们有什么事,尽管开口说,只要四妈能办得到,四妈一定帮你们。"

"谢谢四妈了!"陈滋萱一激动,便转过身一下子搂住了婶婶的脖子。

多年来一直紧锁的美人弄1号的两扇大木门,终于在这一天悄悄打开了。很快,赵煦照带着干女儿阿秋把3间高平房整理干净了。按照陈滋萱的要求,她们辟出其中的一间做办公室和宿舍,一间做卷烟的工场,一间做灶间及进出的通道。为防止闲杂人员进来,她们把正门封起来,只留了一扇小边门。房子整理干净了,里面的用具还不够,赵煦照对阿秋说:"走,到我家里去拿。"

阿秋说:"那您不用了?"

赵煦照说:"她们要紧,我自己再想办法。"于是,赵煦照和阿秋就肩扛手提,从家里搬来了桌子、凳子、棕绷、铺板,装烟丝用的箩筐、竹筛、簸箕及水桶、碗筷等。赵煦照看到自己家灶间还有一坛咸菜,便对阿秋说:"把这也拿去吧,她们初来乍到,肯定没有菜吃,这咸菜可对付几餐。"阿秋本来想说,您自己生活也很清苦,这咸菜拿走之后,您又吃什么?但转而一想,干娘这人性格爽直,凡事总为别人着想。况且,这事又与干姐陈滋萱有关,便不再劝说。当下,两人就将咸菜坛抬到美人弄1号。刚放下,赵煦照便笑着说了一句:"你看我这贼记性,把这么重要的东西给忘了。"

阿秋问:"什么重要的东西?"

"马桶啊,"赵煦照笑着说,"你说这东西重要不重要?"

阿秋一听也笑起来,说:"这事我也忘记了。"

赵煦照说:"去,把家里阁楼上一只新马桶拿来。"

就这样,赵煦照和阿秋整整忙碌了两天,把美人弄1号3间高平房的里里外外打扫得干干净净,又把卷烟厂开张所需的基本用具和物资都准备妥帖。

几天后的一个晚上,陈滋萱又来到了大山下村美人弄1号。不过,这次她看到的不止是四妈赵煦照和阿秋两个人,而是七八个年纪和她相仿的姑娘。为首的穿着蓝布旗袍的叫郭雪聪,嵊县长乐人,二十七八岁年纪,看上去很干练。她是不久前党组织从嵊县调来,在韩夏小学地下党的联络站——浙东卷烟公司学习了卷烟技术和管理后,被派到大山下来的。她对外是烟厂的经理,对内其实是烟厂的地下党支部书记。她身后那个剪着齐耳短发、脸蛋胖乎乎的姑娘叫田雅娟,百官仁和酱油店老板田吉相的女儿,因在家中排行老大,故大家惯称她为"阿大"。长着一张娃娃脸的叫周爱珍,她旁边那个不说话也露着笑脸的姑娘叫柴华英,柴华英旁边那个个子高挑、皮肤白皙的叫李爱玉,与李爱玉紧挨在一起的叫金雨青。在这些姑娘当中,金雨青年纪最大,因而大家都叫她金大姐。金雨青身后那个个子小小、穿着一件碎花洋布棉袄的姑娘叫王巧珍。在这些人当中,王巧珍的命最苦了,她父亲原是个开明士绅,家里有一些资产。日本人来了后,就盯上了她家,以"通共"之名,将她家中的财物洗劫一空,还将老人打成重伤。伤愈之后的某日,老人找出家中的一点破铜烂铁,到街上换了一小袋米回家,准备晚上让一家人吃顿饱饭。不料被一个在街上巡逻的伪军看见,便尾随老人回家,还没待老人将米袋放下,这伪军就一把将米袋夺了过去,大喝一声:"还说家里没钱,这买米的钱哪里来的!这米是送给共匪吃的吧?"喝毕,将米袋往肩上一扛,扬长而去。老人追了几步,无奈病体刚愈,哪里追赶得上。回到家里,老人悲愤至极,一时排解不开,便上吊死了。王巧珍的母亲当时正在田间割菜,当她兴冲冲回到家里准备烧饭时,一看丈夫挂在房梁上,早已没了气息,便长嚎一声,跳进屋后的河里,也自尽了。那时王巧珍正在镇上一家土布厂做工,当她家一个邻居跑来告知她父母双亡的噩耗后,王巧珍当即晕倒在织布机旁边。这时候,同厂有一个叫金琴芝的大姐来到了王巧珍身旁,将她紧紧地搂在了自己的怀里。这个金琴芝,就是此刻坐在王巧珍前面的金雨青,她当时的真实身份是以土布厂为掩护,搜集镇上日伪情报的地下党联络站负责人。

"都来了?"望着齐刷刷围在面前的这些姑娘,赵煦照真有点目不暇接的感觉。这些普普通通的姑娘,穿着也很土,看上去与村里的姑娘们并无区别。但不知为什么,在赵煦照眼里,总有一种别样的感觉,这感觉究竟是什么?她不知道,也说不清。

"我们还想再找一个姑娘,最好是这村里的,不知四妈能不能帮忙?"因为郭雪聪的年纪与陈滋萱差不多,她就这样称呼赵煦照。

赵煦照听郭雪聪说要找一个大山下村的姑娘,便把身后的干女儿阿秋拉出来,说:"这不,现成有一个。"

阿秋今年18岁,她的名字叫陈叶瑾,阿秋是她的小名,是个手脚勤快、忠厚老实的小姑娘。郭雪聪一见阿秋就喜欢上了,马上把她拉到自己的身边,说:"太好了!那从明天起,阿秋就来烟厂上班吧,我们可以天天在一起了。"

1941年12月8日,是一个好日子,这一天,筹备了多日的大山下美人弄卷烟厂正式开张了。按郭雪聪原本的想法,烟厂开张时，还是别让太多人知道为好，以免被小越镇上的日伪军知道后来找麻烦。但赵平部长的想法与她恰恰相反，说："不行，你越是躲躲闪闪、偷偷摸摸的，就越会引起敌人的怀疑。倒不如光明正大地告诉大家，烟厂开张了。所以，不仅鞭炮要放，而且还要广泛宣传。"

基于上级这一指示精神，陈滋萱特地从小越镇上买来了两串鞭炮。在郭雪聪带着姑娘们燃放鞭炮时，陈滋萱又叫阿秋从自己家里取来笔墨和大红纸，然后挽起袖子，写下两幅大字，一幅是：美人弄卷烟厂开业大吉！另一幅是：生意兴隆通四海，财源广进达三江！写毕，她与四妈赵煦照一起将条幅贴在大门两侧的墙壁上。正当两人站在弄堂口与看热闹的村民攀谈时，赵煦照看到从村中的八字台门里，走出一个头戴瓜皮帽的中年人，此人在台门口稍稍迟疑了一下，然后一转身，便慢慢地朝美人弄的弄堂口走来。赵煦照见状，悄悄地碰了一下陈滋萱，说："看，陈承林也来了。"

立足

赵平的分析没有错,烟厂光明正大地开张后,反倒没有引起敌人的怀疑。且开张伊始,马上吸引了很多烟贩子前来询问烟价和订购土烟。

第一批香烟做出来后,还没有正式的名称,那天晚上赵平来烟厂检查工作,看了刚卷出来的香烟后说:"烟是不错的,但没有牌子不行,得取个名字,否则烟贩们不会来购买,敌人也会起疑心。要搞就要搞得光明正大点。"当时市面上的香烟品牌有很多,如"老少""红金""发达尔""老刀"以及"美丽"牌等。赵平问大家有没有好名字,大家想了半天,也想不出一个好听合适的名字。这时,赵煦照进来了,听说大家正在为香烟取名的事犯愁,便笑着说:"我倒是有一个。"

赵平说:"四妈快说。"

赵煦照说:"上海不是有一个'美丽'牌香烟嘛,我们的烟厂开在美人弄,就取个'美人'牌如何?"大家一听,都鼓起掌来。

赵平也说:"好,这名字好,还是四妈厉害。我认识马家堰一个在上海联合广告公司做美工的人,最近他生病在家,我马上叫人去请他设计。"

香烟的成品出来了,名字也有了,接下来,就是要抓紧生产了。

烟厂负责人郭雪聪是嵊县长乐人,长乐有制作手工土烟的传统,她当年就在当地的东山义记手工烟社做过卷烟工,熟稔手工制烟的技术。调来上虞后,又去我党设在余姚黄家埠韩夏小学内的浙东卷烟公司学习过技术和管理,对烟厂的整个操作流程很熟悉。但烟厂是群体性劳动,除了卷烟,还有切纸、包装、印刷、销售等,因此,光她一个人熟悉不行,还得卷烟厂所有的员工都熟悉才行。于是,在卷烟厂开张的次日晚上,郭雪聪先打发阿秋回家休息,然后把大家召拢来。在中间那间工场里,大家一边在油灯下卷烟,一边召开了一个临时党支部会议。郭雪聪压低声音说:"同志们,我们的烟厂已经开张了,从今往后,这里就是我们的战场。你们都别笑,真的,你们当中有的同志在游击区参加过战斗,听说还负过伤,我们这里虽听不到枪声和炮声,却是没有硝烟的战场。"

"郭姐,你就下命令吧,我们怎么干?"田阿大边卷着烟边说，可能是因为兴奋，她说话时嗓门大了点，马上便被旁边的金雨青制止了："轻点，哇啦哇啦的。"田阿大吐了吐舌头，压低声音说："对不起。"

"对，郭姐，你就下命令吧。"声音细细的李爱玉在一旁附和说。郭雪聪今年28岁，在这些姑娘当中，她的年纪并不是最大的，其中金雨青就比她大两岁，但多年来严酷的地下工作的锤炼，使她早早养成了一种与她的实际年龄不相称的干练、沉稳和成熟。姑娘们一见到她，即便是在允许称呼同志和书记的地方，也会情不自禁地叫她一声"郭姐"。这一声"郭姐"，使原本不相识的姐妹一下子拉近了距离，成为可以生死与共的同志和战友。

郭雪聪听出了姑娘们话中的意思，便边卷烟边笑着说："下命令？对，我是要给你们下命令，不过这个命令并不是叫你们明天去根据地送信，而是先把你们手中的活干好。你们的活是什么？是卷烟。你们都会了吗？"

柴华英轻轻地说："有点会了。"

郭雪聪说："有点会了怎么行？今天我看了你们卷的烟，就发现了不少问题，比如有的烟卷得太紧，有的又卷得太松，有的烟丝拖在外面，这怎么行呢？这样的烟谁会买？当然，你们现在才刚开始学，但无论现在也好，以后也好，我们只有把手中的活干好了，才能让卷烟厂站稳脚跟，我们的香烟才能卖到该去的地方，否则……你们懂我的意思吗？"

姑娘们一听郭雪聪这么说，便你看看我，我看看你，最后，都点着头笑了。

金雨青这时站起来说："姑娘们，郭姐说得对，我们一定要尽快掌握卷烟技术，把手中的活干好。我建议，我们再来练习一下，好不好？"

"好！"

摸底

就在美人弄卷烟厂地下党支部书记郭雪聪在烟厂的工场间召开临时党支部会议的这天晚上,离大山下村3里之遥的小越镇上,汪伪上虞县保安队队部所在地太史第台门里,伪小越镇镇长陈承林也正在向季槐林报告这家卷烟厂开张的事。

"你说什么?好消息,什么好消息?有肉票?"季槐林这时正半躺在一张老红木的烟榻上,一边摸着圆滚滚的肚皮,一边呼呼地吐着酒气,那双细细的眼睛半闭着。他是北方人,平时说话时舌头就有点卷,因这一天下乡扫荡,在岑仓、谢家塘、闸头一带抢了几大船米谷,心里高兴,晚上多喝了几杯,所以说话时,那舌头除了卷,还有点僵硬。

"那倒不是,"陈承林神秘兮兮地笑着说,"是村里开了一家卷烟厂。"

"卷烟厂？什么烟？"季槐林打了一个响亮的饱嗝说。

"手制土烟，听说叫'美人'牌，与嵊县桃源的'宝福'牌香烟差不多。"

季槐林喜食大烟，有一年他带着几十个手下下乡抢掠，与游击队遭遇，被打得落花流水，最后只带着十几个弟兄和七八条枪逃窜到大山下村躲避。在村里最大的宅院八字台门安顿下来后，本想吸几口大烟压压惊，没想到那天他的勤务兵在奔逃时把烟膏烟管全丢了，气得季槐林拔出枪来要毙了这个勤务兵，后经大家劝阻才作罢。季槐林那天无烟可吸，当晚就烟瘾发作，一把鼻涕一把眼泪，正在寻死觅活煎熬难耐时，恰好被台门里的主人陈承林看见。陈承林的袋里正好有两包嵊县桃源产的"宝福"牌土烟，此烟浓烈呛人，是老烟鬼的最爱。于是，他就把这两包烟全给了季槐林。季槐林此前从不吸这种纸烟，但此刻烟瘾发作，饥渴难耐，也不管纸烟土烟，只要是烟，就拼命狂吸起来，最后，竟将烟丝放入嘴里嚼了起来。说来也奇怪，两包"宝福"牌香烟吸完、嚼完，烟瘾发作的痛苦竟缓解了不少。由此他便记住了陈承林这个人。不久季槐林便在小越镇上驻扎下来，招兵买马，扩充势力，一时竟拥有了一支二三百人的队伍。尤其投靠日伪以后，季槐林就在小越镇上自立为"王"，号称上虞县保安大队"司令"。而当年曾送了两包土烟为他缓解烟瘾的大山下村的陈承林，也得到他的回报，登上了小越镇镇长的宝座。

"你去看了？不会是共党的情报站吧？"季槐林说到"共党"两字时，转过头神秘地对陈承林说，"最近三北那边不太平，听说从浦东过来了一支部队，与日本人打了好几仗。"

"我去看了，都是些姑娘，土里土气的，不太像是共党的样子。"

"都是些姑娘？"季槐林听陈承林说在烟厂里做工的都是些姑娘，顿时来了兴趣，那双眯着的眼睛也睁开了。

"是的，都是些姑娘，司令有兴趣？"陈承林边说边讨好地将桌上的大烟管递给季槐林，又往烟锅里装入烟膏，然后用灼火器点燃铜烟灯，移到季槐林半躺着的烟榻上。一双小眼狡黠地眨巴着。

季槐林深吸了一口烟，然后大笑着连连说："有兴趣，有兴趣……"

不料笑声未落，却被门口一个女人的声音打断了："什么事有兴趣啊，季大司令？"随着门帘一动，从门外走进一个年轻女子。此人三十上下年纪，个子高挑，性感迷人。一张鹅蛋脸上略施粉黛，给人的感觉，既有妩媚和艳丽，又不失高雅的气质。她叫姚丽娜，江苏无锡人，国民党赣州电讯班四期毕业生。其父是上海纱厂的老板，与浙江省政府主席黄绍竑相熟，便将女儿托付于黄。姚丽娜先在杭城省政府从事电讯工作，因不堪忍受电讯处一副处长的狂热追求，只身远避省城，前往宁波投靠在赣州电讯班认识的一位绍兴籍男同学。

这位同学当时在浙东保安处情报科谋职，姚丽娜到情报科之后，便跟随这位同学在浙东一带从事情报收集和分析工作。没料到半年后的一天深夜，正在熟睡中的姚丽娜被一阵敲门声惊醒，开门一看，只见门口站着情报科科长和几个陌生的宪兵，还没容姚丽娜开口，那几个宪兵不由分说就将她捆了起来。押到宪兵队之后，姚丽娜才知道她那位同学原来是浙东地下党的情报员，在事情暴露后抓捕时已被击毙。因姚丽娜来情报科是这位同学举荐的，所以上峰理所当然怀疑他们是同党。但最后经调查和审问，证明姚丽娜与这位同学并非同党，加上她父亲又与省政府的黄绍竑主席有一点关系，于是就把她放了，但情报科，她是不能再待了。

离开情报科之后，在浙东举目无亲、人地两生的姚丽娜本可以回上海老家去，但上海早已没有她的立足之地了。就在她去赣州电讯培训班不久，其父亲的纱厂在日军飞机的一次狂轰滥炸中被夷为平地，父母和弟弟一个也没有从火海中逃出来。

走投无路的姚丽娜在绝望之中想到了一个人，他就是季槐林。在数月前她与那位同学来小越季槐林部收集情报时，与驻扎在小越镇上的上虞县保安大队司令季槐林有过一面之交。此人既无军事素质，又无政治头脑，在她看来，不过是一个胸无点墨的草莽和杂牌军头目。但草莽也好，杂牌军也罢，虎落平阳被犬欺，蛟龙搁浅遭虾戏，时至今日，她姚丽娜除了此人，已没有任何人可以去投靠了。

　　姚丽娜的选择是对的，季槐林不仅十分愉快地收留了她，还想委她以大队谍报室主任的头衔。但姚丽娜自从经过上次打击后，对继续从事情报工作已毫无兴趣，甚至心有余悸。她对季槐林说："季司令，您如果愿意收留我，我就留在这里；您如果不愿收留我，我就立马走人。"季槐林一听，连忙拉住她的手连连说："别、别、别，大妹子，我不是怕你寂寞嘛。你既然不想干，行，就在家闲着，你想干吗就干吗。"就这样，姚丽娜成了季槐林身边的"闲人"，整天无所事事，今天陪季槐林和他的部下们喝酒，明天与镇上有钱人家的太太们打麻将，要不就是在家里睡懒觉。但闲了没多久，季槐林的麻脸老婆不知从哪里听到了消息，专门从宁波赶过来，一进太史第台门就直奔季槐林的卧室，将还未起床的季槐林和姚丽娜堵了个正着……这事最后的结局是：季槐林给了麻脸老婆两记大耳刮子，外加一大沓刚从"肉票"那里敲诈来的老法币，彻底打发了她回宁波去找那个小白脸。至于他与姚丽娜，虽然没结婚，但在公开的场合里，他已称她为"夫人"。

　　但姚丽娜这个"夫人"，不比宁波那个麻脸老婆。她知道季槐林此人很花心，因此，看他看得很紧，她不会再给季槐林任何偷腥的机会。

　　这天晚上，姚丽娜刚从一位阔太太家打麻将回来，听说镇长陈承林来了，就走了过来。不料刚到门口，就听到陈承林在问季槐林对大山下美人弄卷烟厂的姑娘们有没有兴趣,这使姚丽娜感到十分不悦。她了解陈承林此人,为了讨好季槐林,什么事都能干出来。于是,她就当作不知道,进门后笑着问季槐林:"什么事有兴趣啊,季大司令?哦,陈先生也在。"季槐林一见姚丽娜走进来,顿时脸就变了颜色,尴尬地掩饰说:"没事、没事,陈先生说刚杀了一条狗,问我有没有兴趣。"

一旁的陈承林也连忙站了起来附和说:"是的,是的。姚小姐好。"

姚丽娜话中有话,说:"狗肉好啊,吃了能壮阳,不过陈先生可不能给季司令介绍什么姑娘哦。"边说边用那双媚眼冷冷地盯着陈承林。

陈承林一见姚丽娜这眼神,连脸都白了。他知道季槐林惧内,关键时刻他肯定会把自己供出来,到那时,干过谍报的姚丽娜定会要了他的命。这么一想,他额头上冷汗都冒出来了,于是连连说:"哪敢,哪敢。"

姚丽娜一见陈承林这模样,忍不住笑起来,说:"开个玩笑嘛,陈先生何必那么紧张呢。"

数天后,姚丽娜把陈承林叫去,告诉他一个惊人的决定,说:"陈先生,我与季司令商量好了,我们准备搬出太史第台门,想住到大山下村的八字台门去。"

不知是姚丽娜的这个决定来得太突然,还是这天陈承林的耳朵不好使,总之,刚才姚丽娜的话,陈承林似乎没听清楚，因而也就没反应。直至姚丽娜又复述了一遍之后，陈承林才明白是怎么一回事，于是连连说："那当然好，那当然好。"说话时，陈承林感到自己的脊背上已是冷汗涔涔了。

姚丽娜说："如果陈先生同意，我们明天就开始搬过去。"

"明天？欢迎，欢迎！"陈承林连连点着头，但心里还是弄不明白面前这个女人的葫芦里究竟卖的什么药。终于，他还是忍不住地小声问："只是……"

"只是什么？"姚丽娜知道陈承林心里想什么，于是便给他点明了，说："你是想问季司令和我原本好好住在太史第台门里，怎么会突然想起要去大山下？"见陈承林眨巴着眼睛不吭声，姚丽娜接着说："不瞒陈先生，住在太史第台门里，我天天提心吊胆的。真的，这里是季司令的司令部，说不定哪天晚上，三北游击队就会摸进来。前几天不是有好几个地方都给他们端掉了？"

"是的，是的。"陈承林频频点头，他似乎听明白姚丽娜的意思了，但心里总觉得前面还有一层纸没有被捅破。颇有心计的姚丽娜看出了陈承林的心思，于是就把这一层纸也给捅破了，说："你可能会觉得我这人傻，既然季司令这人很花心，我怎么能叫他去大山下？你不是说大山下美人弄卷烟厂里有好多年轻的姑娘吗，我就不怕他去打那些姑娘的主意？你如果这样想，只想对了一半。我问你，我如果不去大山下，季司令会不会去？这人的德性我知道，狗改不了吃屎，他肯定会去的。现在我在大山下,谅他也没有这个胆,你说对不对?"姚丽娜说着,自己先忍不住"咯咯"笑起来,笑毕,又压低声音对陈承林说:"还有,我们住在大山下,也可以盯着那家卷烟厂,万一她们与三北游击队有联系,我们不就可以把她们抓起来?"

姚丽娜这么一说,陈承林终于明白了。如果说此前他对姚丽娜的尊重仅仅因为她是季槐林的"夫人"的话,那么现在,他倒是真有点从心里佩服她了:"这个女人不简单。"于是,他真心地奉承姚丽娜说:"姚小姐实在高明,这才叫'一箭双雕',陈某从心底里佩服,佩服!"

接头

早上起床后,郭雪聪与田阿大在水井旁洗漱。见旁边无人,郭雪聪用手臂碰了碰田阿大,轻声说:"吃了早饭,你到百官去一下。"

"百官?"

"对。"

"有任务?"

郭雪聪正要说下去,见有个大娘来井边洗衣服,便说:"等会儿告诉你。"

郭雪聪派田阿大去百官,是找一个叫施惠敏(史招荣)的地下党同志。施惠敏原是余姚政工队队员,与余姚第一位抗战女烈士陈忆姜是队友,在当地政治面目较红。1940年11月,在国民党第二次反共高潮到来之前,党组织考虑到她的政治面目已经暴露，为防止敌人迫害，遂将她和政工队其他几个队员一起调来上虞做党的隐蔽工作。

1941年2月，党组织为应对日益严峻的斗争形势，决定要在军事重镇百官设立一个情报点，以搜集情报，掌握敌情，并护送领导和进步青年去游击区。当时横贯杭甬的百官曹娥江铁路大桥已被炸毁，火车也已经停开，但这里仍是一处重要的交通枢纽，特别是水路，从百官可上达绍兴、萧山，下抵余姚、慈溪及宁波，县内可通向五夫、小越、谢家塘、崧厦及县城丰惠等集镇。每天来百官做买卖或路过的人可谓川流不息，他们有的当天就离开，有的则夜宿航船码头旁的下市头，以便次日一早赶过早市后乘早班船离开，所以百官下市头一带十分热闹，旅馆、饭店也特别多。尤其是靠近码头的东狱庙，这里既是百官镇公所所在地，又是镇纠察队驻地。有一时期，伪十六师和一些杂牌部队也在这里驻扎。因此，一直以来，百官都是兵家必争之地。

1941年5月21日上午，有日、伪军300余人从余姚出发，沿宁波至百官的铁路线进犯百官镇，百官镇当晚被占领。5月26日，日、伪军撤离上虞。同年10月10日，日军再次调集大批人马进攻上虞的丰惠、百官、曹娥、东关、小越、五夫等主要集镇。百官沦陷后，占驻百官镇的是日军第二十二师团步兵第八十六联队第二大队。为长期占领百官，驻百官的日军指挥官官道盛清不仅在百官的龙山顶上建了主碉堡，在周围挖了长长的战壕并拉了铁丝网,还在上堰头的龙头山上建了副碉堡,在山下及下市头也设立了岗哨。

为了能尽早摸清驻百官日、伪军的人数、武器、弹药及工事部署,及时掌握敌人下乡"扫荡"及"清剿"的动向,上虞县工委决定,要尽快在百官镇上设立一个情报站,这对我党掌握对敌斗争的主动权、更加有效地打击敌人至关重要。1941年1月,上虞党组织曾在百官镇上设立过一个情报站。情报站就设在由地下党开的"新新商店"内,负责人叫马平,后因暴露而关闭。因此,在百官镇上再设一个情报站,已经迫在眉睫。

因施惠敏刚从余姚调来上虞,面孔较生,党组织就把这个任务交给了她。经过考察并报党组织同意,施惠敏决定将情报站设在百官镇的下市头。为防敌人的怀疑,情报站以一家名为"百官战胜女子商店"的杂货铺作掩护,经营毛巾、手绢、袜子、肥皂、香烟、火柴、针头线脑等日用品,还兼卖老酒及熟食小吃等。开店的本金由店员陈滋萱、田阿大、李爱玉、许春仙、陈月娥及徐建华等集资。一开始集资款不够,领导情报站工作的县工委宣传部部长赵平便请进步人士杜婉蓉入股,杜婉蓉一口应允,当场拿出100元,并指定由赵平代表她持股。商店公开出面负责店务的是陈月娥,因陈月娥在家开过店,有做买卖的经验,遇到敌人盘查时也便于应付,而实际领导情报站的则是党支部书记施惠敏。为了打消敌人的怀疑,施惠敏在商店成立时,还通过关系,邀请百官镇伪镇长陶煜培的女儿陶玉凤加盟了女子商店。

自1941年农历正月初八正式开张后,百官战胜女子商店的地下党员们护送了多批途经百官的上级领导去根据地,其中包括中共宁绍特委张月珍同志。同时,还通过各种途径,搜集了大量日伪军的情报,特别是店里开设的熟食小吃铺,吸引了百官镇上的很多伪军来吃喝,其中有些还是连、排级军官。这些人在吃喝时,尤其是在醉酒时,经常会谈及一些时政及部队内部的情况,有时还会争得面红耳赤,甚至拍桌骂娘,发泄不满。这时候,为这些伪军端盘斟酒的女店员们就会把他们说的一些有用的东西默记在心,待这些伪军离开后,记录下来,然后以最快的速度报告给上级。然而,百密一疏,尽管女店员们在收集情报时做到了慎之又慎,狡猾的敌人最后还是怀疑上了这家生意兴隆的女子杂货店。就在敌人准备突袭搜捕百官战胜女子商店的店员前,恰好回家的女店员陶玉凤在父亲陶煜培的办公桌上看到了一份绝密搜捕令,于是立即通知了施惠敏。施惠敏在来不及报告上级的情况下,关闭了店门,疏散了人员,并在门口挂上了暗示"这里危险,人已撤离"的扫把。

"你这次去,一定要设法找到施惠敏大姐,"在烟厂的灶间里,郭雪聪悄悄地对田阿大说,"她现在应该还在百官。"

田阿大当时就是百官战胜女子商店的店员,商店紧急关闭后,她与店里的姐妹们就分散隐蔽到各处。家里是回不去了,她就潜伏在百官附近一个山岙里的亲戚家。不久后,她与同是女子商店店员的李爱玉取得了联系,随后两人又找到了在五车堰永兴小学当教员的陈滋萱。经组织审查后,才派她们两人来到大山下村美人弄卷烟厂。

但是对现在能否找得到施惠敏,田阿大没把握,她说:"敌人到处在搜捕她,百官的陈月娥和许春仙也躲在外面了,她会在哪儿落脚呢?"

"那个伪镇长的女儿陶玉凤为人怎么样?"郭雪聪问田阿大。

田阿大说:"为人不错,很活泼,要求进步,在店里工作也比较积极。"

"她是否知道你们那儿是地下党的情报站?"郭雪聪又问田阿大。

"不知道。"田阿大说,"这一点,施大姐给我们规定了极严的纪律,对陶玉凤不能透露半点信息。"

郭雪聪点点头,自言自语:"那施大姐会不会与陶玉凤有联系呢?"

听郭雪聪这么一说,田阿大似有所悟地说:"有可能。陶玉凤是施大姐介绍进店的,又是陶玉凤来报告敌人要来抓捕我们的,说不定,施大姐这次就是被陶玉凤藏匿在百官的。"

听田阿大这么一分析,郭雪聪觉得有道理,于是说:"不管施大姐是否与陶玉凤有联系,你马上去一下百官,设法找到陶玉凤。记住,你一定要注意自身的安全,在没有危险的情况下,你才可与陶玉凤接头,否则,你就取消这次接头,立即返回。"

"我知道了。"田阿大说,"如果我见到了施大姐,具体的任务是什么?"

郭雪聪神情严肃地说:"阿大,你知道,百官这个地方很重要,它不仅是水陆交通的要道,还是日伪军的驻扎之地。而国民党为实施积极反共,也正与日伪军相互勾结,要控制和封锁百官。据情报显示,在百官及蒿坝一线,已遍布日伪顽的谍报机关和特务组织。一张庞大而严密的特务网已经张开,以对付在百官及附近的中共地下党组织。你这次如能见到施大姐,要她尽一切办法摸清驻防在百官的日军第二十二师团步兵第八十六联队第二大队的情况。另外,还要摸清驻百官伪军黄加兴部的人数、枪支、弹药及分布情况,若有敌人的兵力部署和火力配置图则更好。"

"好的,那我马上动身。"

"你把衣服换一下,我已叫人准备了几条烟。记住,路上若遇伪军盘查敲竹杠,可把香烟给他们,不要与他们纠缠。"说到这里,郭雪聪告诉了田阿大一个好消息,"告诉你,敌人的日子长不了了。"见田阿大不解,郭雪聪压低声音说:"我们的队伍过来了,从浦东过来的,有好几百人,现在已到三北了,最近打了好几个大胜仗。"

"真的啊?"田阿大高兴得差点叫起来。

"嘘,"郭雪聪瞪了她一眼,"轻点。"

○ 大山下村（今新宅村）鸟瞰

○ 八字台门旧址

○ 美人弄

○ "太邱世泽"台门正门

○ 地处上虞小越镇双堰村石家自然村的永兴小学旧址

○ 陈滋萱（周夭军）

○ 赵虞

○ 赵平

○ 赵煦照

 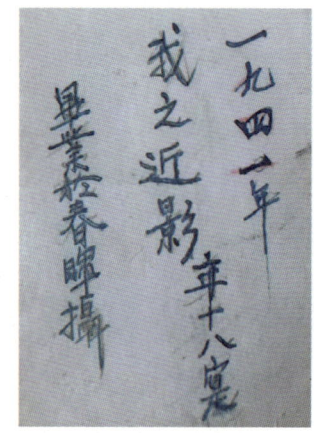

○ 陈立强

○ 郭雪聪　　　　　　○ 施惠敏

- 左图　修缮前的美人弄卷烟厂旧址
- 右图　修缮前的美人弄卷烟厂旧址内景

- 韩夏小学地下党联络站旧址

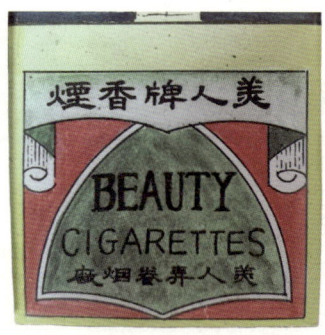

○ 上图 "美人"牌香烟

○ 左图 太史第台门旧址

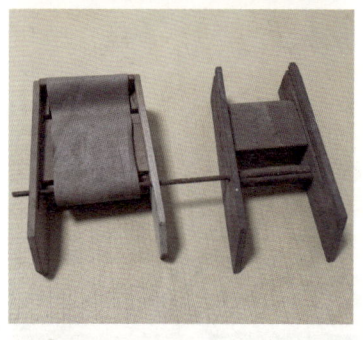

○ 左图 当年的制烟工具

○ 下图 修筑在百官龙山上的敌工事

险象环生

偷窥

从建筑的规模上来说,八字台门在大山下村并不是最大的。据说屋主人在建造此屋时,曾受到了同族前辈陈春澜先生的影响,从而修改了图纸,把省下来的钱,用在赈灾救贫上。但尽管缩小了规模,八字台门在大山下村里,仍不失为一幢颇具特色、十分亮眼的建筑。以至于姚丽娜那天挽着季槐林的胳膊一跨进台门的门槛,就立马喜欢上了这幢乡间大宅院。

"啊,真气派!"姚丽娜用糯糯的上海话赞叹说,"比太史第台门强多了。"

跟在姚丽娜和季槐林身后的陈承林连忙奉承说:"姚小姐和司令肯屈居寒舍,乃陈某一家的荣幸啊。"

季槐林虽是个粗人,但陈承林心中的无奈,他还是看得出来的。姚丽娜执意要搬出太史第台门,住到相对偏僻的大山下村的陈承林家里,从内心里来说,他是不太愿意的。这一是太史第台门他住惯了,他喜欢有人进进出出甚至吵吵嚷嚷的氛围,他不喜欢安静,安静对他来说似有一种无聊甚至可怕的感觉;二是他的司令部在小越集镇上,虽说一时不会有战事,但万一三北游击队来骚扰,待他赶过去,老窝早被端掉了。姚丽娜要来这里住,嘴上虽说得冠冕堂皇的,肚子里实有她的小九九。他拗不过这女人,只好跟着来。刚才听陈承林说他们来了是他家的"荣幸",他知道这小子在说违心话,谁家里喜欢住进两个陌生人啊?于是,他只好安慰陈承林:"房子倒是不错,不过季某军务在身,不可能在此长住。季某借居期间,一应膳食费用,当按实支付。"陈承林一听,连连向季槐林拱手说:"啊呀,司令啊,见外了,见外了!"

倒是姚丽娜说得比较含蓄:"季司令说得在理,对陈先生付出的辛劳,我和季司令定当重谢。"

陈承林一听,又频频作揖:"岂敢,岂敢!"

在八字台门里转了一圈,季槐林解下那件驻百官日军指挥官官道盛清大队长送给他的黄呢披毡,问一随从副官:"队伍来了吗?"

副官说:"来了,两头都布了岗哨了。"

大山下村呈半月形,背靠福祈山,从村头到村尾约长500米,因村前绕着一条百谢河,故从村头进入村里要跨过一座两米宽的拱形三孔梨山桥。梨山桥紧傍福凝庵,也有人叫此桥为"福凝桥"。村后有个出口在东北角,这里倒是没有桥,但名称不好听,叫孤老坟头,顾名思义,这地方很偏僻、很荒凉。据说这里曾葬着一位可怜的老人,"九子廿三孙,独自造孤坟"。现在,季槐林的副官就在村的两头设立了岗哨,凡是从两头进出大山下村的人,他们都要严加盘问和搜查。

季槐林听副官说已派兵在村两头布置了岗哨,就放下心来,吩咐副官说:"告诉他们,给老子把村头村尾守住了。要是放可疑的人进来,老子非毙了他不可。"

副官说了声"是",正要转身出门,姚丽娜又把他叫住了,说:"若是抓住了共党人员,季司令一定重重有赏。"

"是。"副官双脚一并,向季槐林和姚丽娜敬了一个军礼后,出门去了。季槐林与陈承林对视一下,禁不住哈哈大笑起来,季槐林说:"还是夫人厉害,厉害!"

季槐林与姚丽娜要来大山下居住的消息,郭雪聪昨天就已经知道了。当时她正在工场间卷烟,赵煦照匆匆走进来,脸色很难看,一进工场就把郭雪聪拉到灶间里,呼吸急促地说:"不好了,出事了!"

郭雪聪一听吓了一跳,连忙将灶间门掩上,问:"不要急,四妈,慢慢说。"

赵煦照说:"季槐林和他老婆要来大山下住了。"

郭雪聪问赵煦照:"什么时候?"

"明天。"

"你是怎么知道的?"

赵煦照说,她早上去小越街赶市,回村时见陈承林正叫几个村民打扫卫生,觉得很奇怪,便问一旁的陈承林。因陈承林与赵煦照夫家是族亲,尽管赵煦照与夫家已分开,但陈承林对赵煦照还是比较客气的,回答说:"季槐林司令要来我家里住,所以要打扫得干净点。"赵煦照一听,心都快要跳到喉咙口,连忙借故离开,赶来告诉郭雪聪。郭雪聪一听,也感到事态很严重,但她很快就镇定了下来,对赵煦照说:"季槐林放着好好的太史第台门不住,要住到偏僻的大山下村里,这事太蹊跷了。不过四妈也不要急,你可以利用陈承林与你夫家的关系,从侧面打听一下其中的原因。"

"好的,我……"

见赵煦照欲言又止,郭雪聪问:"四妈,你有话尽管说。"

赵煦照说:"我是担心,他们是不是冲着我们烟厂来的。"郭雪聪说:"我也这么想,但我们烟厂开得光明正大,又照章纳税,他们抓不到我们的把柄。"

"但愿。"赵煦照边说边匆匆走了。郭雪聪感到此事重大,连忙把李爱玉叫来,说:"你夫家是不是在驿亭五夫的茅家溪?"

李爱玉说:"是啊,郭姐找我有事?"

郭雪聪就把小越伪军季槐林与情妇姚丽娜突然住到大

山下八字台门陈承林家的事说了一遍。

李爱玉说:"怪不得刚才看到四妈的脸色很难看。"

郭雪聪说:"这事来得突然和蹊跷,必须立即向上级报告。"

李爱玉说:"郭姐要我做什么?"

郭雪聪说:"我本想自己去报告,但这一带的道路我不熟。情况紧急,所以我想请你去一次。"

李爱玉问:"去茅家溪?"李爱玉的娘家在崧厦湖田里,她有个亲戚在驿亭,听说茅家溪有个在上海做工的年轻人,叫茅连寿,在乡下订了门亲事,没想到在结婚前一个月,未婚妻死了。于是,亲戚就把李爱玉介绍给了那个年轻人,但在结婚时,男方竟然抬来了两顶花轿,前一顶抬的是那个死去姑娘的照片,后一顶抬的才是李爱玉。李爱玉当时悲痛欲绝,但在那个时代,一个穷苦人家的弱女子,是无力反抗这种封建恶习的。令李爱玉想不到的是,更可怕的事还在后面。那天入洞房的时候,男方竟执意要把那位死去姑娘的照片放进婚床里……噩梦般的婚礼结束后,李爱玉的丈夫去了上海,不久就病故了。李爱玉年轻守寡,自叹命苦。就在这时候,村里来了几位女政工队队员,她们邀请李爱玉参加妇女识字班。在这里,李爱玉不仅学会了识字,懂得了造成自己命运悲苦的社会原因,更重要的是,她接受了党的教育并成为其中的一分子。对于茅家溪,李爱玉的心情是复杂的,她在这里度过了最不堪回首的至暗岁月,也在这里获得了脱胎换骨的新生。

但郭雪聪这次叫她去的并不是茅家溪,而是离茅家溪不远的横塘徐家岙。

"去横塘徐家岙?"

"对,一个叫徐涤生的同志家里,赵平同志就住在那里。"

李爱玉说:"茅家溪离徐家岙不远,我以前去买过好几次杨梅。我什么时候动身?"

"马上。"郭雪聪说,"你快去快回,傍晚前一定要赶回来,否则,梨山桥的哨兵会盘问你。"

"好的。"李爱玉说,"万一赵平同志不在怎么办,我又不认识其他的领导。"郭雪聪看了看门外,拉过李爱玉,在她的耳边悄悄嘀咕了几句,说:"记住,这是暗号。如果赵平同志不在,你就与其他领导接头,请示我们下一步的行动。"

"好的。"李爱玉说完,就去房间准备了。一会儿,她穿着一件藏青色斜襟土布小棉袄,头上挽了一个当地妇女常见的发髻,手里拷着一只小竹篮,里面放着两条"美人"牌香烟,就从后门出去。为保密起见,她没与正在工场间卷烟的姐妹们打招呼,径直朝梨山桥走去。梨山桥上的哨兵对出村的人一般不严查,而对进村的人常要严格盘问或检查,因此,李爱玉很快就出了村。出村以后,她就一路向东。有人的地方,她就快步行走;无人的地方,她就一路小跑,晌午时分,她就到了徐家岙的村口。

按照隐蔽工作的纪律,郭雪聪这次只告诉李爱玉,她要找的赵平,其身份是徐家岙兰阜小学的教员。如赵平不在,就找县工委书记周明,其他的,如在兰阜小学教书的几个地下党员的情况,她都没有说。李爱玉知道这是党的纪律,所以也没问。

兰阜小学在徐家岙村旁一座叫大山的山脚下,很偏僻。李爱玉找到学校时,学校已经放学了,赵平不在学校里,有学生说她去徐涤生老师家里吃饭了。徐涤生是徐家岙本村人,1937年,他和几个进步青年就开始在本村宣传抗日,之后又把村里的私塾改为供穷苦家庭孩子读书的兰阜小学。上虞县工委成立后,曾先后安排了诸觉、袁楚良、华俊、李默君等党员来这里一边教书,一边从事地下斗争。这一段时间,县工委也设在徐家岙。而所有来这里的同志,吃住都在徐涤生家里。

在一位学生的带领下,李爱玉来到了徐涤生家里。赵平没在家,有一位30岁左右的男子在吃饭,见一位学生带了一个陌生的卖烟女过来,男子警觉地站起来,问:"你找谁?"李爱玉说:"找赵平。"男子一听是找赵平同志的,便和蔼地说:"她出去了,有什么事可以给我说。"

李爱玉从竹篮里拿出一条香烟,说:"听说你家里要办喜事,外婆叫我送两条香烟过来。"男子一听,接着说:"外婆最近身体可好?"李爱玉说:"好是好的,就是有点伤风。"暗号对上了,男子连忙伸出手来,拉住李爱玉的手说:"我叫周明。快说,烟厂出什么事了?"

见李爱玉跑得满脸通红,满头是汗,周明连忙叫徐涤生倒来一碗水。李爱玉也真是渴坏了,一口气把一碗水喝了个精光。见旁边并无他人,她就把郭雪聪要向县工委领导报告的事述说一遍。周明一听,沉吟半晌,说:"这事确实蹊跷,你们千万不能大意。你回去后告诉雪聪同志,这段时间,你们要停止一切行动,有关下一步的行动部署,到时工委会派赵平同志过去告诉你们的。"

"知道了。"

这时,周明突然笑了起来,说:"说了半天,我还不知道你的名字呢。"

李爱玉笑着说:"我叫李爱玉。"

周明一听,"哦"了一声,说:"我知道了,我听赵平同志介绍过你的情况,你的夫家不是在茅家溪吗?离这儿也不远,可以回去看一下。"

李爱玉说:"不回去了,我必须在傍晚前赶回去。"

周明说:"那你吃了饭再走。"

李爱玉说:"不吃了,万一路上有情况,赶不回去就麻烦了。"

周明点点头,深深地看了看面前这位朴实憨厚的女同志,他想表扬她几句,但他转而一想,觉得又多此一举。他对李爱玉说:"那你等一下。"说完,走进灶间,捏了一个饭团,塞到李爱玉的手里,又从她的竹篮里拿了两包香烟,并把钱付了,说:"出来半天了,一包烟也没卖掉,人家会怀疑的。"

正咬着饭团的李爱玉感激地看了看周明,心里油然生出深深的敬意。

骚扰

郭雪聪在李爱玉从徐家岙返回的当晚,就召开了全体党员会议。会上,她传达了周明同志的指示精神,要求大家在没有弄清季槐林和姚丽娜来大山下居住的真实意图前,暂停一切活动。

但从表面上来看,美人弄卷烟厂还是一切如常。每天早饭后,姑娘们便来到隔壁的工场间,揭开盖在手工卷烟器上的布盖,然后,就埋头开始快速地卷烟。而丰惠、百官、小越、谢家塘、五夫、崧厦等地的烟贩们,也会三三两两地来美人弄1号批发香烟。这时候,郭雪聪和阿秋就会像往常一样忙里忙外地招呼他们,搬凳、倒茶、递烟、收钱。如果正好碰上饭点,还要为烟贩们准备一餐午饭。当然,烟厂的饭菜是很粗劣的,不是玉米糊就咸菜,就是菜泡饭就霉干菜,如能吃上一块绍兴霉豆腐，就算是改善伙食了。照样，烟厂的姑娘们也会挽着竹篮，隔三岔五地轮流穿过梨山桥岗哨，走出大山下村，到附近的村落去卖烟。是郭雪聪提出要这么做的。她认为，如果烟厂的姑娘们突然之间都不外出卖烟，销声匿迹了，说明烟厂已对季槐林和姚丽娜来大山下村居住警觉了，这反而会引起他们的怀疑。

但是这种"如常"的现状并没有维持得太久，很快就被一件"反常"的事打乱了。其实，作为一位对敌斗争经验丰富的女同志，郭雪聪对这件"反常"的事是早有警觉和防备的。

季槐林和姚丽娜来了，几十个伪军也来了，进出村庄的梨山桥和孤老坟头的岗哨也设立了。那些住在大山下村里的伪军，就像野兽嗅到了猎物的气味一样，已经把目光锁定在美人弄1号，而其中的一些人已开始行动了。

最先摸进烟厂的是几个喝醉了酒的伪军，为首的一个是独眼，年纪有点大，伪军们都叫他队长。现在，这个独眼队长在烟厂傍晚收工后，乘着酒劲与五六个伪军来到了美人弄1号。他们走进烟厂的工场后，东瞅瞅，西瞧瞧，贼头贼脑、鬼鬼祟祟，嘴里呼呼地喷吐着酒和大蒜混合的浊气，红红的眼睛里跳动着被烈酒和邪念点燃的火花。

"怎么，人呢？"独眼队长乜斜着一只眼睛问郭雪聪，听口音，这家伙好像也是北方人。

原来郭雪聪这时已把姑娘们反锁在旁边的宿舍里，由她一个人出来对付这些伪军。她笑着向伪军们递上自制的土烟,说:"来,老总们请抽烟,我是这里的经理。工人们白天卷烟很辛苦,都睡啦,挣点辛苦钱不容易啊。"

旁边一个小个子伪军用手指顶了顶头上的大檐帽,歪着脑袋说:"去,把她们都叫起来,咱队长有话说。"他的话音刚落,旁边的几个伪军就开始起哄,有的扮着鬼脸,有的"咯咯"狂笑,有的做着下流的动作,真是丑态百出。有个镶着金牙的伪军扯着嗓门大叫:"对,对,把她们都叫起来,咱队长要训话,咱……"不料话音还未落,只听到"啪"的一声响,一记重重的耳光已落在那个镶金牙的伪军的脸上。伪军们扭头一看,打人的竟是自己的队长。"奶奶的,"只见独眼队长用手点着面前的几个伪军,骂道:"瞧你们的德性,一个个饿死鬼似的。来的时候,是你们撺掇我来的,现在倒好,都往我身上推,将来杀头了,全是我的罪,奶奶的!"

正在伪军骂骂咧咧之时,赵煦照和阿秋进来了。原来郭雪聪刚才见有这么多醉醺醺的伪军来厂里,料知他们要闹事,于是赶紧派正要下班的阿秋去找赵煦照。赵煦照一进来,就看到了那个独眼队长,便笑着打招呼说:"哟,是苟队长啊,什么风把您刮到这里了?"

原来赵煦照认识这个苟队长。此人是山东枣庄人,真名苟剩,从小是个孤儿。13岁那年,他在胶东一乡下讨饭时,见有一支队伍从村边经过,就死皮赖脸地跟着他们。队伍中一位长官见苟剩有些力气，个子也不矮，就把他留在身边当马夫。苟剩这时才知道，这支队伍就是"胶东王"刘珍年手下的独立第3旅。

此后数年间，苟剩所在的这个独立第3旅几经折腾，最后被改编为国军独立第45旅，旅长张銮基。而经过了多年转战的苟剩，此时也升任为连里的排副。之后，淞沪战役爆发，在松江一带阻敌的第45旅被打散，苟剩在奉命阻击一股偷袭的日军时被打瞎一只眼睛。在败退途中，苟剩随其中的一支残部流落到上虞、嵊县一带。1939年秋，张銮基的残部被国民党军委会重新扩编为新编第30师，由张銮基任师长，下辖第88团，团长田岫山；第89团，团长张俊升；第90团，团长赵元泰。苟剩被编到第88团，任该团某勤务连的司务长。一次连里发放军饷时，发现少了50块大洋。其时，团长田岫山的一位把兄弟正任该团的军需官，此次发放军饷全由他负责，他一口咬定这50块大洋是苟剩贪污了。苟剩则声称自己分文没有拿，最后田岫山听信这位把兄弟之言，一怒之下将苟剩抓起来，决定要在次日一早将他开膛破肚，挖出心肝下酒。后经团部几位同乡暗助，苟剩连夜攀墙逃离了第88团，投奔在小越一带流动的季槐林部。季槐林其时正在招兵买马，扩充势力，见苟剩有带兵打仗的经历，遂任命他为一小队长，手下管着十几个人、七八条枪。在小越驻扎期间，这苟剩曾几次带兵来大山下村催税讨粮。有一天傍晚，催讨了一天钱粮的苟剩晚饭还未有着落,而口袋里的几张法币又不够喝一顿小酒。这时,他想起村里有个叫赵煦照的独身女人,家境殷实,于是,便带着几个兵来到赵煦照家里,逼着她买来酒菜,硬是吃了一顿丰盛的霸王餐,临走还从鸡窝里抓走了两只正在下蛋的老母鸡。

见赵煦照进来了,这苟剩吃了一惊,尴尬地笑笑说:"四妈,你怎么来啦?"原来苟剩自上次来过大山下村,后来又陆续来过这村里几次,但他不敢再来敲赵煦照的竹杠了。因为他听说这赵煦照的夫家与小越镇镇长陈承林是族亲,虽然赵煦照与夫家脱离了关系,但毕竟是打断脚骨连着筋,万一赵煦照在陈承林面前状告他苟剩在下乡催讨粮税期间敲竹杠的事,而陈承林又把这事告诉了季槐林,他苟剩就麻烦了。事后证明,赵煦照并没有把苟剩来她家敲竹杠的事告诉陈承林,季槐林自然也不知道有这事。对此,苟剩还是心存感激的,故此,再见到赵煦照之后,他就按村里人对赵煦照的称呼,叫她"四妈"。

赵煦照见苟剩带来的几个兵并没有毁坏烟厂的器具,只是喝饱了酒想来烟厂女工这里"寻乐子"。考虑到苟剩他们还要在大山下村住下去,烟厂女工也要经常进出他们把守的岗哨,所以,赵煦照也不想与他们撕破脸。于是便强装笑脸说:"是啊,听说苟队长在这里,我就过来了。"话毕,她对郭雪聪说:"郭经理,苟队长和弟兄们都在这里,怎么不拿点香烟慰劳慰劳啊。"郭雪聪会意,拍了下手说:"瞧我这个人,只顾说话,把这事给忘了。"边说边走进库房,拿出两条土烟来,塞到苟剩的手里,说:"今天刚卷的烟,请苟队长和弟兄们尝尝。"苟剩见赵煦照非但没有责怪他们的意思,反而拿出了两条烟,感到有一点尴尬,嘴里不断地嘟囔着:"这、这……"

"这什么?"赵煦照笑着说:"郭经理是我的表阿妹,到大山下来开烟厂,人生地不熟的,以后少不了要请苟队长和弟兄们关照。"

"那当然、那当然!"苟剩边拆开香烟,一人两包分给屋里的几个士兵,边点着头说,"以后四妈和郭经理若有事,尽管找我苟剩就是。"

郭雪聪接上说:"一回生,二回熟,苟队长真是个爽快人。"

赵煦照见时机已到,便对苟剩下了逐客令,说:"苟队长,时候不早了,郭经理她们也累了一天了,以后有机会,到我家里来喝酒。"

苟剩一听,连连摆手说:"不敢了,不敢了。"边说,边朝几个士兵挥了一下手:"走。"

臭弹

苟剩这人虽然有点匪里匪气,但义气也是有点的。自从那晚离开烟厂后,他就再也没来烟厂骚扰过。平时在梨山桥和孤老坟头两个岗哨站岗时,对进出村子的烟厂人员的盘查也是比较宽松的。故这样来看,季槐林和姚丽娜来大山下居住,似乎与大山下美人弄卷烟厂的开张并无直接关联。基于此,为尽快恢复美人弄 1 号情报站的工作,郭雪聪便派田阿大去徐家岙兰阜小学请示赵平部长。赵平部长同意郭雪聪的分析和建议,决定恢复美人弄 1 号情报站的工作。

"但前提是,必须时刻提高警惕,"在送田阿大离开徐家岙的时候,赵平再三叮嘱田阿大,"告诉你们郭姐,一定要密切关注季槐林和姚丽娜,以及在大山下村驻扎伪军的动向。一旦发现可疑迹象,必须立即停止活动,以免给党的情报工作造成损失。"

"我知道了,赵部长。"

"东西都放好了?"

"放好了,保证发现不了。"

"我相信你,"赵平微笑着握着田阿大的手说,"在百官战胜女子商店时,你就是一名出色的情报员。"

但令田阿大万万想不到的是,就在她一路小跑从徐家岙返回大山下村时,一张黑网正在向所有进出烟厂的人员张开。

那天田阿大从徐家岙回到大山下村时,天已经快黑了。像往常一样,她挽着一只竹篮子,低着头,准备穿过梨山桥。正在这时,从桥旁的福凝庵里,传来一声哨兵的断喝:"站住。"

田阿大站住了,借着昏黄的灯光,她看到从福凝庵里走出一个持枪的矮个子士兵。此前因为经常经过福凝庵,田阿大几乎认识所有在这里站岗的士兵,有的还能说上几句话。当然,这是田阿大用竹篮中的香烟换来的。但是面前这个满脸横肉、长着吊眼的矮个子士兵,田阿大很陌生。这使她的心里顿时产生了一丝不安,因为在她竹篮的一包香烟里,卷着一份赵平部长要她们转送给五车堰永兴小学地下党同志的情报,万一被发现,那就麻烦了。

"怎么这么晚才回来?"矮个子士兵的眼睛盯着田阿大的

竹篮问："这篮里是什么？"

田阿大去徐家岙时带了两条香烟，路上卖掉了一条多，现在还剩下 8 包。因香烟上盖着一块毛巾，田阿大便把毛巾揭开，说："老总，我是烟厂的，早上出去卖烟了。现在生意不好做，走得远了点，所以才回来。"

"远了点？"矮个子士兵脸上的横肉抖了下，斜着眼睛说，"我看你是去'三五'（浙东老百姓对三五支队的惯称）那里送信了吧？"

田阿大一听，心里"咯噔"一下，她当然知道矮个子士兵说的"三五"是谁，但却装作不知道，问："老总，'三五'是谁？送信，送什么信，他又不是我亲戚……"

矮个子士兵这时有点不耐烦起来，喝了声："啰唆什么？把篮子给我，我要拆开检查。"说着就要来夺田阿大手中的竹篮。田阿大身子一闪，把竹篮藏在身后，带着哭腔说："老总行行好，我就是个卖烟的，你把香烟拆开了，我卖给谁啊。万一老板把我开除了，我还怎么活啊。"说着，从篮子中摸出两包香烟，塞到矮个子士兵的手里，说："老总行行好，放我过去吧。"

没想到这矮个子士兵不吃这一套，推开田阿大手中的香烟说："别给我来这一套，我今天就是要检查你篮里的香烟，把烟给我……"边说边来夺田阿大手中的竹篮。田阿大则转动着身子，不让矮个子士兵把竹篮夺去。两人正在争夺，忽然从黑暗中传来一个人的喝斥声:"干什么?"田阿大和矮个子士兵几乎同时转过头去,只见从梨山桥上走下一个人来,借着昏黄的灯光,两个人才看清,来的人是负责大山下村两个哨位值勤的小队长苟剩。

"苟队长,"田阿大如释重负地叫了声。原来自从上次苟剩来过烟厂后,因碍着赵煦照的关系,苟剩和他的手下再也没有来烟厂骚扰过。烟厂也不时地给苟剩送过一些香烟,其中有几次就是田阿大给他送去的,所以,不仅田阿大认识苟剩,苟剩也认识田阿大。

这时,苟剩见值勤的矮个子士兵在争夺田阿大手中的篮子,便问:"吊眼,怎么回事?"

矮个子士兵向苟剩敬了一个军礼,指着田阿大说:"报告队长,这个人很可疑,我要检查她篮里的香烟,她不让。"

苟剩这时也看清了面前的田阿大,还没开口,田阿大先说话了:"队长,我是烟厂的田阿大,你不认识我了?"

苟剩抬了下手说:"认识,认识,怎么不认识?怎么回事啊,阿大?"田阿大就把她去附近村庄卖烟,回来时岗哨要拆开她的香烟检查的事说了一遍,接着说:"队长啊,烟厂生意难做,一天也卖不出去几包香烟,这位老总说要把香烟一支一支全拆开,这不是要我的命嘛,回去以后,老板不把我开除才怪。你就可怜可怜我,放我进去吧。"

苟剩一听,心想这吊眼是在敲田阿大的竹杠了,但嘴上又不好挑明,于是故作严肃地对田阿大说:"查是要查的,这是上峰的命令,不过你田阿大我是认识的……"苟剩刚要说下去,旁边那个绰号"吊眼"的士兵连忙把他拉进福凝庵,轻声说:"队长,司令不是说要对进出烟厂的人严加检查吗,怎么?"

苟剩说:"进出烟厂的人有很多,当然要严加防范,但我看这田阿大是个老实人,应该不会有问题。"

"这……"

"放了吧。"

吊眼不太情愿地说了声:"是!"然后走出福凝庵,朝田阿大挥了下手说:"走吧。"

田阿大一听,连忙向苟剩和"吊眼"鞠了一躬,说:"谢谢队长,谢谢老总。"话毕,往苟剩和"吊眼"的手里,各塞了两包香烟,便快步通过了梨山桥。

晚上,郭雪聪召集大家开了一个会,因为不是党员会议,所以还邀请了赵煦照和阿秋参加。

郭雪聪说:"今天阿大在梨山桥岗哨遇到的事,大家都已知道了。各位以后到村外去卖烟,回来时也可能会在这两个岗哨遇到麻烦,大家要有思想准备。"

金雨青说:"我昨天去小店买酱油,正好遇到姚丽娜,问这问那的,看她的眼神,总觉得是在怀疑我们什么。"

"怀疑什么?怀疑我们是共党呗。"李爱玉说:"那个'吊眼'要把阿大的香烟一支支拆开来检查,不就是这个意思吗?"

赵煦照说:"陈承林也曾经问过我,这些陌生的姑娘怎么会到大山下来开烟厂。我说郭姐是滋萱的朋友,她知道我家里有空房子,所以就把郭姐介绍到这里。"

话说到这份上,郭雪聪就试着问赵煦照:"四妈,我们到大山下开烟厂,好多人,包括季槐林、姚丽娜,还有陈承林他们,总怀疑我们背后有名堂,你究竟怎么看?"

郭雪聪这一问,倒是把赵煦照问住了。她看了看旁边的阿秋,笑笑说:"这个我也说不上,不过有一点我感觉,你们这些人,与其他人的确不一样,真的。"

"哪里不一样?"

赵煦照说:"具体的我也说不好,反正你们这些人,就是与其他人不一样。"

郭雪聪乘机说:"那你不担心与我们在一起,万一以后有麻烦,你不怕?"

"怕什么,"赵煦照说:"我这个半老太婆,他们还能把我怎么样?"

"那阿秋呢,你怕不怕?"郭雪聪又问旁边的阿秋。阿秋是个憨厚老实的姑娘,见郭雪聪在这么多人面前问她,脸便"腾"的一下红起来,嗫嚅了半天,才说出一句话:"有什么可怕的。"大家一看阿秋这模样,都禁不住轻轻笑起来。

郭雪聪见时候不早了,便说:"今天还有一件事,我要提醒大家。听说最近苟队长的小队又调来了一些士兵,其中一个姓罗的小队副还是季槐林的把兄弟。此人前些年在五夫时曾杀害过多名抗日人士,还经常下乡调戏妇女,抢夺财物,后被当地百姓捉住,打断了脚骨,没想到伤好后就被调到这里。此人到了大山下,肯定会给我们带来麻烦,我们一定要做好防备。"

赵煦照说:"昨天这家伙喝饱了酒,跛着脚在村里到处转悠,见到一个在门口补衣服的妇女,就要上去摸她,吓得村里的妇女们躲在家里都不敢出来,我们是不得不防啊。"

赵煦照这么一说,把几个胆小的姑娘吓坏了,柴华英说:"那怎么办,要不出去躲一躲?"

田阿大瞪了她一眼,说:"躲?躲到哪里去?再说,躲得了和尚躲不了庙,烟厂不办了?"她本来要说党交给我们的任务怎么办,但看到赵煦照和阿秋两个群众在旁边,也就没有说下去。

郭雪聪说:"阿大说得对,躲不是个办法,但我们得做好准备。大家也不要慌,古话说:兵来将挡,水来土掩。烟厂还得办下去,而且一定要办好。"

郭雪聪的估计没有错,这个姓罗的小队副自调来大山下村后,仗着与季槐林是把兄弟关系,十分狂妄,肆无忌惮,今天在村里抓几只鸡,明天闯进人家家里敲竹杠,后天又去调戏一个刚死了男人的寡妇,闹得整个大山下村鸡犬不宁,人心惶惶。据说小队长苟剩曾劝他收敛一些,他竟拔枪要与苟剩火并,幸好被部下拦住。事情闹到季槐林那里,没料到季槐林只说了一句:"他对付共党还是有功劳的。"

俗话说,是福不是祸,是祸躲不过。这不,才过了没几天,这个罗队副就带着几个人"光临"烟厂了。

那天烟厂正关着门,金雨青、田阿大、李爱玉、柴华英等几个人躲在宿舍里,在往香烟里卷一份昨日由施惠敏送来的日军在百官的兵力火力配置图。此图因三北游击司令部急着要,所以必须要以最快的速度送到余姚黄家埠的十六户头(该村因只有十六户人家而得名)情报站,再由该情报站转送至三北游击司令部。但由于施惠敏送来的日军兵力火力配置图是用密写方式绘制在一本书上的,如果按原状送的话,体积太大,很难藏匿。而从大山下去黄家埠十六户头要经过日伪军三道哨卡,尤其是五夫哨卡,由日军亲自在卡口检查过往行人。万一在搜查时被敌人发现,送信者牺牲事小,而藏匿的情报无法送抵三北游击司令部,后果更不堪设想。为此,按照以往的经验,郭雪聪要求将这份兵力火力配置图分段剪下后,用米汤水绘制在香烟纸上,然后,按正常的卷烟方法,将烟丝卷入绘有兵力火力配置图的香烟纸。从外表上看,这些香烟与其他香烟并无二致,只有送烟的人知道其中的奥妙。送到目的地之后,敌工部的同志会将这几支特定的香烟抽出,剪开烟纸,取出烟丝,用碘酒在烟纸上一揩,字迹就显现出来了。然后，拼接起来，一份完整的日军兵力火力配置图就能呈现在首长们的面前。

现在，金雨青、田阿大等人正按郭雪聪的要求，用很细的钢笔笔尖，将施惠敏送来的日军兵力火力配置图，用绿豆般大小的字，写在香烟纸上。没料到，还没写完半张香烟纸，就听到外面传来"嘭嘭"的敲门声："开门，开门！他妈的，大白天的，关门干什么？"

金雨青一听不妙，说了句："快，收起来。"几个人迅速动手，一会儿工夫，就把桌上的烟纸、蘸钢笔、墨水等全收拾干净，然后包成一个纸包，正要找个地方把东西藏起来，阿秋推门进来了，说了句："把东西给我，郭姐叫你们到前面去。"就从金雨青手里夺过纸包，打开后门冲了出去。

金雨青她们到卷烟工场间时，郭雪聪刚刚将关着的正门打开，还没容她开口，就从门外涌进来七八个衣着松垮、腰上斜挎着步枪的人。为首一人，走路时有点跛脚，郭雪聪猜测，此人可能就是罗队副。

郭雪聪猜得没有错，此人正是罗队副。这罗队副走进卷烟工场间后，深深地吸了吸鼻子，说了句："好香。"然后坐到旁边的一条凳子上，对面前的郭雪聪说："看样子，你是这里的经理？"

郭雪聪说："我是这里的经理，老总你是……"

旁边有个镶着一口金牙的伪军举起一只大拇指，在自己的耳朵旁边晃了晃,说:"他是我们的罗队长,是季司令的表兄弟。"

"哦,"郭雪聪故意说,"我认识你们的苟队长,他调走了?"

"什么狗队长、熊队长,"罗队副一听就显得不耐烦,说,"在大山下,老子只听季司令的,别的都是扯淡。"

"那是,那是。"郭雪聪边说边朝田阿大使了个眼色。田阿大会意,走进库房间,拿出了十几包香烟,分给伪军们每人两包。没料到罗队副竟将烟扔在桌子上,板着脸对田阿大说:"把老子当叫花子是不是?老子们拼死拼活,在前方卖命,你竟拿两包土烟来打发我们。老子今天心情还好,要是惹恼了老子,老子立马就叫这烟厂关门,信不信?"

"信、信,"郭雪聪说,"罗队长,不是我烟厂小气,实在是现在生意难做,大家在这里做工,也只能勉强糊口而已。"

"什么,勉强糊口?"罗队副一听郭雪聪这句话,便朝旁边的几个伪军扮了个鬼脸,说:"我看你们都吃得白白胖胖、粉粉嫩嫩的,哪里是勉强糊口?啊?你们说是不是?"

伪军们一听罗队副这话,便扯着嗓门狂笑起来。

"咯、咯、咯……"

"哈、哈、哈……对,对,白白胖胖的,粉粉嫩嫩的……呵、呵、呵……"

正当几个伪军前仰后合地笑得浑身颤抖时,有个伪军从门外跑进来,见到罗队副,在他耳边嘀咕了几句。

"姚小姐找我有事?"

"对。"

"什么事?"

"打麻将。"

姚小姐邀罗队副打麻将,他不得不去,但从内心里来说,他今天的兴致不在打麻将,而是在烟厂。瞧,有这么多姑娘站在他面前,他还没看个够,打什么麻将呢?

怀着懊恼的心情,罗队副来到八字台门里,一张老红木方桌上,已坐了三个人:姚丽娜、陈承林、赵煦照。三缺一,只等他罗队副。

"司令呢?"这时候,罗队副的心里还是想着烟厂的那些姑娘,他想若是季槐林在的话,他还是要去烟厂找那些姑娘玩玩的。

姚丽娜边搓牌边说:"他有急事去小越了。怎么,罗队副今天打牌的兴致不高?还是另有要事?"

"不,不,姚小姐找我打牌,是我的荣幸,怎么会兴致不高呢。"罗队副边说边坐到姚丽娜对面的凳子上,然后,向左边的陈承林和右边的赵煦照点点头。在看到赵煦照时,罗队副的头脑里突然闪过这样一个念头,他来大山下之后,虽然与赵煦照打过几次照面,也听人说过她与夫家决裂的一些故事,但与她一起打麻将还是第一次,她怎么会参加今天的牌局呢？

　　罗队副虽是一个粗鲁的伪军小队副，但他的怀疑并不是没有道理的。赵煦照今天与他一起打麻将，的确是她设的"局"。她是在吃午饭时听阿秋跑来说，罗队副正带了几个人在烟厂里闹事。这罗队副是个什么样的人，她是知道的，不仅心狠手辣，还特别好色，烟厂的姑娘们若是被他盯上了，就麻烦了。于是，她放下饭碗就来到八字台门里串门，想用什么法子把罗队副叫回来。聊天中听陈承林说季槐林与苟剩去小越太史台门处理军务了，便灵机一动，提出要与陈承林、姚丽娜打麻将。姚丽娜因为季槐林不在家，也正闷得慌，便一口答应，但打麻将要有四个人，现在只有三人，还缺一人，赵煦照说："罗队副不是喜欢打麻将吗，把他叫来不就齐了？"

　　陈承林说："对，昨晚他还邀我一起打了三圈呢。"

　　姚丽娜本来有些看不上这个举止粗鲁的罗队副，但现在打麻将缺了一人，也只好将就了，便对门口一站岗的士兵说："去，把罗队副叫来。"于是，正在烟厂里胡搅蛮缠的罗队副被叫了出来。他一走，那几个伪军也只好跟出来。

　　下午打了四圈，姚丽娜大输，罗队副独赢。因罗队副的心思不在牌桌上，加上又赢了钱，最后一副牌打毕，他起身就要走，姚丽娜把他叫住了，半开玩笑半认真地说："哎，罗队副，赢了钱就想走啊，三缺一，伤阴鸷，你也太不仗义了吧？"

　　陈承林也牌瘾正浓，挽留罗队副说："对，对，晚饭已经准备好了。昨天村民在山上打了只角鹿，很鲜的，咱们喝几杯，然后再接着打三圈。"

赵煦照也乘机说："对，罗队副，姚小姐和镇长难得空闲，你不能扫了大家的兴致吧？"

罗队副无奈，只好摊了下手说："行，行，姚小姐、陈镇长要我继续打，我陪你们就是了。"

这里，罗队副硬着头皮在陪姚丽娜打麻将，他手下那几个上午去过烟厂的士兵也没闲着，这会儿，他们正凑在一起酝酿一个下流的行动。行动的提议者是一个满脸长着络腮胡的老兵，此人也是刚调来大山下村的，与罗队副一样，也是个吃、喝、玩、乐、嫖五毒俱全的兵痞子，因四十几岁了还没有娶老婆，自称"老光棍"。这天晚饭后，因队长苟剩还没从小越回来，罗队副还在八字台门里陪姚小姐打麻将，营房里除了在村四周巡逻和在岗哨值勤的士兵，就剩下"老光棍"和几个刚抓来的壮丁新兵。离就寝时间还早，"老光棍"就在宿舍里与这几个新兵蛋子闲聊，聊着聊着又聊到了烟厂的那些姑娘，脸上顿时便流露出淫猥的神色。一个鼻尖上长着许多雀斑的新兵不明就里地问："哥，你今天怎么了，从下午站岗开始，你就一直在聊烟厂的那些姑娘，莫非你真是被那些姑娘迷住了？"

"老光棍"一听，便"咯咯"地笑起来，边笑边使劲地拍着那个新兵的肩膀说："还真让你说对了，你老哥就好这一口。

走,跟老哥玩玩去。"

"玩玩?玩什么?"新兵不解地问。

"你小子就是只笨鸡,连'玩玩'也不懂。"说完,"老光棍"便把嘴巴凑到新兵的耳朵根,轻轻嘀咕了几句。

新兵一听吃了一惊,胆怯地说:"这行吗?"

"老光棍"说:"怕什么?啥事都有老子顶着,今天都叫你们开开荤,到时候别他妈都给我厌了。走!"

夜已深沉,整个大山下村已是一片寂静,偶尔可听到几声狗吠从村庄的某处传来,提醒村民即便在寒冷的深夜里,仍有夜行人出没。

"老光棍"和几个新兵蛋子像做贼一样,他在前,新兵们在后,猫着腰,贴着墙根,来到美人弄1号的正门口。"老光棍"观察了一下,发现烟厂里一片漆黑,里面也无动静,于是放下心来,从袋里摸出一根铅丝,铅丝一头已被他折弯,可见"老光棍"在这方面是老手。"老光棍"本想从正门进入,但他用铅丝探了一下,发现里面的门闩已被木棍顶实,看来里面的人已经有所防备。这更激起了"老光棍"的兴致,"奶奶的,"他在心里骂了句,"和老子玩把戏,还嫩了点。"于是,他又贴着墙壁来到了左侧的边门。边门比较小,他从门缝中伸进铅丝探了下门闩,轻轻一拉,门闩竟然拉开了,这说明,里面的门闩没有被顶住。"老光棍"一阵惊喜,正要推门进入,那手又立即缩了回来。原来他曾吃过大亏,有一次他看中了镇上一屠夫的女儿,半夜里就偷偷摸到那屠夫的家门口,不料在轻轻拉开门闩,准备推门进入时,那木门门臼竟发出了"咯咯"的声响,当时就惊动了屠夫一家人。那屠夫光着膀子,提着一把锋利的剁骨刀就冲了出来,要不是他逃得快,早被剁成肉泥了。今天这门闩万一也紧实,推门时若惊动了里面的人,那不就白费一番心思了?当下,"老光棍"想找一瓢水,浇在门臼上,这样推门时就不会发出声音了。但此时黑咕隆咚的,哪里去找什么瓢碗之类的。情急之下,他问身后的一个兵:"你有尿吗?"那新兵蛋子说:"有点,干吗?""浇在这门臼上,这里,看准了。"新兵会意,很快就将一泡尿浇在门臼上。"老光棍"轻轻推了下,没声音,又推了下,门被打开了一条缝。"老光棍"心急,心想既然这门没声音,里面的人肯定都已睡着了,他想先摸进门,去喝今晚的"头口水"。然而谁也没想到,就当"老光棍"刚将门推开,身子还未完全迈过门槛,突然从头顶上方倒下一盆冷水来,那盆不偏不倚正好扣在"老光棍"头上,将他浑身上下浇得像只落汤鸡。"奶奶的!""老光棍"愤愤地骂了句,在几个新兵的帮助下,把盆从头上取下来,又把身上的水擦掉。一个新兵见状打起了退堂鼓,抖着声音说:"哥,算了,回去吧。"

"老光棍"正在气头上,尽管冻得浑身哆嗦,但还是不肯罢休地说:"算了?老子这盆冷水白淋了?老子今天一不做,二不休,不尝尝里面姑娘的味道绝不走。"说着就往里屋走。

原来里屋中间还有一道门,进入这道门,穿过卷烟工场间,最里面就是烟厂女工的宿舍了。

借着屋外的微光,"老光棍"这时来到了里间的门口,他又掏出铅丝探了探,"咦,怎么连门闩都没有?"他悄悄将门推开了一条缝,里面顿时透出一缕烟丝的清香,他似乎还听到了宿舍里姑娘们熟睡时发出的轻轻鼾声和软软的呓语声。"老光棍"被刚才那盆水浇冷了的血液又开始狂奔了。于是他壮着胆将门缝开得大了一点,以便能侧着身子进入工场间。然而,这次他更没有机会了,当他的上半身探进门内,下半身要迈过门槛时,在他头顶的上方,又有一个盆状的东西朝他扣下来,不过这次盆里盛的并不是什么水,而是一种能让"老光棍"和他身后几个新兵蛋子闻之丧胆的液体……

调离

尽管驻扎在大山下村的几个伪军昨晚在烟厂经历了一次难以启齿的"臭弹"事件，但大山下村的村民还都蒙在鼓里。即便是季槐林、姚丽娜、陈承林和罗队副等人，也不知道昨天晚上曾发生过这件事。因为"老光棍"在逃出烟厂后，曾严厉警告过同去的几个新兵蛋子，谁要是把这天晚上的事说出去，谁就别想活着走出这大山下——几个大男人为了占烟厂姑娘的便宜，反被人家扣上水盆子和屎盆子的事要是传出去，他"老光棍"的脸还往哪儿搁？他还能在季司令的手下混下去？不过，次日上午他在去孤老坟头岗哨值勤时，因为沾在身上的猪粪味没有洗干净，正在哨位上站岗的士兵在很远的地方就闻到了这股刺鼻的气味，导致"老光棍"差点露出了破绽，幸好他用事先编好的话掩饰了过去。

同样,在"臭弹"事件发生地美人弄卷烟厂,也丝毫看不出有任何的异常,大家照样在规定的时间起床、吃饭、到工场间卷烟,仿佛什么事也没有发生过。也有几个爱笑的姑娘想起这事时实在忍不住,捂着嘴跑到宿舍里,关上门,或捂着肚子笑得弯了腰,或干脆趴在床上笑得喘不过气来。

但"老光棍"自这件事之后,一口恶气憋在肚皮里,再也没有露出过笑容。他在寻找一个报复的机会,他要给烟厂一点颜色看看,尤其是那个姓郭的经理。此人看上去面目和善,笑容满面,却是一个软硬不吃、油盐不进的人,尤其是那晚给他来的这一手,令他在几个新兵蛋子面前颜面尽失,狼狈不堪。此仇不报,他誓不为人。

但是"老光棍"没有这个机会了,因为烟厂经理郭雪聪在三天之后调走了。

郭雪聪调离大山下美人弄卷烟厂与"臭弹"事件并无关联,因三北游击队正处在发展阶段,需要一些工作能力强的女同志去独当一面,她就被调去担任三北游击队军需材料股股长、织布厂厂长等职。后来她曾写过一篇题为《在杜前岙的日子里》的文章,回忆她离开大山下美人弄卷烟厂后,担任游击队材料股股长期间,与企图袭击我军后勤基地的日伪军周旋斗争的故事。

此次调来接替郭雪聪的人叫黄慧姬。她也不是上虞人,她的家在余姚梁弄镇,是当地一个工商地主家庭里的大小姐，但黄慧姬并没有见到过自己的父亲，因为在她出生前，父亲就已过世了。黄慧姬后来在祖母和母亲的呵护下长大，庞大的家产和优渥的生活，使黄慧姬成为梁弄镇上一个人人羡慕的人。黄慧姬后来成了上虞春晖中学的学生，在夏丏尊、丰子恺等名师的教诲下，受到了民主革命思想的启蒙和教育。1937年抗日战争全面爆发后，黄慧姬与千千万万个青年男女一样，在"不愿做奴隶，不愿做亡国奴"的口号声中离开家庭，参加余姚县战时政治工作队，投入抗日救亡活动。在这里，她结识了共产党员朱之光、杨明等同志，并在他们的引导下，接受了先进思想和马列主义教育。1940年，黄慧姬光荣地加入了中国共产党。不久，她因身份暴露，被转移到上虞，与正在上虞从事隐蔽斗争的赵平相识，并在赵平的领导下工作。她被调来大山下美人弄卷烟厂接替郭雪聪，正是赵平部长向县工委提议的。

黄慧姬到卷烟厂之后，很快就进入了角色。为防敌人的怀疑，烟厂全体人员统一口径，称郭雪聪此次离开是回家成亲，不久就要回来的。而黄慧姬是郭雪聪找来暂时替代的，她对外的名字当然不叫黄慧姬，而是叫"黄忆姜"。对于这个名字，姑娘们开始不理解，后经黄慧姬解释，大家才恍然大悟。

原来黄慧姬参加革命时，她所在的余姚政工队有一个叫陈忆姜的人，因年纪比较大，大家都叫她"陈大姐"。这陈大姐是一个女中豪杰，20多岁时毅然离开家庭，去春晖中学求学，在学校受到了进步思想的熏陶。1938年，陈忆姜从报上获悉余姚政工队在招收队员的消息，便立即前去应考并被录取。陈忆姜认为，既然参加抗日了，就应该去前线打鬼子。于是，在她的再三要求下，她与20余位积极要求参战的政工队队员北渡杭州湾，在嘉兴海盐一带与日军作战。有一次不幸被日军包围，陈忆姜与战友们乘船退到海上，不料又遭日军拦截，因寡不敌众，战至最后，陈忆姜大呼"打倒日本帝国主义"，然后纵身跳进大海，壮烈牺牲。余姚百姓闻讯，无不为其英雄壮举所感动，有人专门写了"浩气长存""秋瑾再生"的匾额，来颂扬这位巾帼英雄。黄慧姬也给自己取了另一个名字"黄忆姜"，以此来纪念这位英雄大姐。姑娘们在听了黄慧姬的解释后，无不深受教育，金雨青流着眼泪说："陈大姐的年纪与我差不多，她做得那么好，我们一定要向她学习。"姑娘们含泪点头说："对，一定要向陈大姐学习。"

就在黄慧姬调来卷烟厂不久，久未露面的赵平这天上午扮作贩烟女，突然来到了卷烟厂。这使黄慧姬大吃一惊，因为日伪顽正在到处抓捕赵平，而要抓她的伪军上虞保安大队司令季槐林就住在大山下村里。这个时候她独自一人闯进烟厂，实在是太危险了，万一被敌人发现，我怎么向党组织交代啊！

赵平看出了黄慧姬的心思，笑笑说："没事，下午季槐林、陈承林和几个队长都不在大山下村里。"

"您怎么知道的?"

赵平卖了个关子,说:"这就叫敌中有我。"说着,她拉着黄慧姬的手走进了宿舍,说:"有一个很重要的任务,要由烟厂的同志去完成。"

"您说吧,什么事?"

赵平把宿舍门掩住,压低声音说:"昨天绍兴皋北抗日自卫队在皇甫庄与日军打了一仗,打死了3个日本兵,我们牺牲了二十几个同志,上虞的杜泰永、朱铁群、黄秀盛同志也在这次战斗中牺牲了,还有些同志负了伤,其中有个叫陈杰的同志伤势最重。马青同志(原名马家声,化名蒋福昌、陈伯平,绍兴孙端人。为浙东游击队的领导人之一)已通过关系,联系好了马家堰的永济医院,并派马友云、钟八三、施惠敏三位同志用门板去抬陈杰同志。下午,他们会雇船将陈杰同志送到医院。"

"我们的任务是什么?"黄慧姬急切地问。

赵平说:"陈杰同志住院以后,需要有人照料。现敌情复杂,不能有陌生人在他身边,一定要由自己人来照料他,所以,要求你们派一个热心细致、年龄大点的同志去。"

"金雨青同志如何?"黄慧姬听赵平说要派个"热心细致、年纪大点"的人,当即想到了金雨青。

赵平笑着说:"你与我想到一起了,她是最合适的人选。"

临走时，赵平告诉黄慧姬，县工委为便于领导虞北一片的隐蔽工作，已决定将她和组织部部长赵虞从徐家岙转移至五车堰的永兴小学。她本来还想告诉黄慧姬，组织上已发展该小学的校长俞燧初同志入了党，并成立了由陈滋萱、董思浩等党员组成的学校党支部。但考虑到组织纪律，便也作罢。

黄慧姬对赵虞、赵平两位领导调来永兴小学感到很高兴，因为从大山下到永兴小学，比去徐家岙，要短一半的路程。这样就为烟厂党支部能及时向领导请示汇报工作提供了方便，她心里也更加踏实。

赵平离开后，黄慧姬和金雨青也随即赶往马家堰永济医院。刚到达没多久，一只脚踏乌篷船就从河湾中驶来，并很快靠上了埠头，从船舱中下来马友云、钟八三和施惠敏三位同志。其时正好是春节，医院门口没有其他人，大家在船工的帮助下，很顺利地将陈杰抬进了医院二楼的一间单人病房里。按赵平的意思，由施惠敏和金雨青两人负责照料陈杰，但黄慧姬觉得医院人多眼杂，两人照料一个病人，容易引起敌人的怀疑，故提出由金雨青一人照料陈杰即可。大家一致同意黄慧姬的意见。

施惠敏说："先由金大姐照料几天，到时候我再来接替她。"

黄慧姬说："再说吧，有事我会与你联系的。你还在百官吗？"黄慧姬与施惠敏以前都是余姚政工队队员，彼此很熟悉，后来两人因身份暴露，先后转移到上虞。施惠敏在百官设立联络站的事,黄慧姬是知道的,但因有组织纪律,她不好多问。

施惠敏却直言说:"是的,我住的地方田阿大知道。"说着,就与马友云、钟八三一起登上脚踏船,离开了。

黄慧姬在施惠敏他们离开后,也回到了大山下的卷烟厂。此后,她与赵煦照、田阿大等人多次以外出卖烟的名义到永济医院,为陈杰送去紧缺的药品和营养品。看得出,陈杰对金雨青的照料是十分满意的。除了给陈杰喂饭、帮他翻身和处理大小便,金雨青还会给他讲一些从医生及病人那里听来的有关游击队打胜仗的消息。这给身处苦闷中的陈杰鼓起了战胜伤病、重返战场的信心。

因为医院离日伪据点比较近,加上附近又有一些由游兵散勇拼凑起来的"烧毛部队",所以,金雨青要随时做好应对这些日伪军和"烧毛部队"来医院进行搜查、骚扰的准备。有一次,余姚地下党情报站给卷烟厂送来一份紧急情报,称余姚城里有几十个日军一早出来到乡下扫荡,有可能要到马家堰的永济医院来搜查三五支队的伤病员。黄慧姬获悉这个情报后,立即派田阿大将此消息告诉了永济医院院长和金雨青。当时永济医院确有几个三五支队的重伤员在疗伤,这时要转移已来不及。医院院长张开甫是抗日爱国人士,他焦急地跑来与陈杰及金雨青商量应对的办法。金雨青说:"大家不要慌,先把伤员同志抬到医院职工宿舍里,门外挂一块写着'隔离病房'的白布。另外,给我准备一套白大褂,到时候由我来对付。"没多时,几十个日军果然闯进了医院,当搜到职工宿舍时,戴着口罩穿着白大褂的金雨青故作紧张地告诉翻译官:"这里是肺结核病房,上午刚死了几个人,如果一定要检查的话,就请便。"边说边装着要去开门的样子。翻译官把金雨青的话翻译给日军听,日军一听吓坏了,捂着嘴巴连连摇头说:"不要开门,不要开门……"边说边逃也似的下楼去了。日军离开后,陈杰感激地对金雨青说:"金大姐,你真是一位智勇双全的女英雄啊。"

但就当陈杰在金雨青的精心照料下快速康复时,金雨青自己的命运却遭受了一次沉重的打击。有一天,她的丈夫周建民(陈一文)来医院向金雨青告别,说组织上要派他打入绍兴一支伪军部队去当大队长,以伺机策反起义。那天金雨青陪着周建民走了一程又一程,分别的时候,金雨青羞涩地告诉周建民:她已经怀孕了。

不料周建民打入伪军部队没多久,就被人出卖,暴露了。在绍兴安昌小镇的一间房子里,日军设计诱捕了周建民。在审讯无果后,日军残忍地割下了他的头颅,并悬挂在旗杆上以示众。数天后,正在为陈杰换药的金雨青突然看到黄慧姬站在门口,便走出病房,将门掩住,带着黄慧姬来到走廊一个无人处。她问黄慧姬:"大姐,你怎么过来了?怎么脸色这么难看?"黄慧姬动了动嘴唇,没有把话说出来。

一种不祥的预感涌上了金雨青的心头,她颤抖着嘴唇问黄慧姬:"是不是老周出事了?"话音还未落,只见黄慧姬的眼泪夺眶而出,哽咽着说:"大姐,你要挺住啊!"

金雨青一听,眼前顿时一黑,差点倒下,幸亏黄慧姬将她扶住。在黄慧姬断断续续的叙述中,金雨青了解了丈夫老周牺牲的经过。当听到敌人将老周的头颅悬挂在旗杆上时,金雨青突然倒了下去。待她醒过来时,只听到黄慧姬在哭着叫她:"大姐,醒醒!大姐,醒醒!"

就在这时候,从病房里面传来了陈杰的叫声:"大姐,大姐,你怎么了?"

金雨青一听陈杰在叫她,便立即站了起来,将眼泪擦干,对黄慧姬说:"大姐,你回去吧,我没事了。"

"要不要叫个人来接替你?"

"不用,这里我已熟悉了,请组织放心吧。"金雨青说完,就深深地吸了一口气,朝陈杰住的病房走去。

乍闻丈夫牺牲,金雨青悲痛欲绝,几欲倒下,但一看到躺在床上还未康复的战友陈杰,想到党交给自己的任务还未完成,她又擦干眼泪,坚强地站了起来。

金雨青后来在护理陈杰康复归队后,便回到了大山下美人弄卷烟厂,继续从事情报搜集和传送工作。在不久后破获敌特及我军第一次反顽自卫战中,做出了出色成绩,受到了上级的表扬。遗憾的是,新中国成立后,已在上海市公安局工作的陈杰和其他一些老同志曾多次寻找金雨青,只听说她在生下儿子后,为不影响自己的工作,忍痛将儿子送给他人抚养,不久,她儿子因病夭折。而金雨青本人,因战争年代频繁调动,辗转奔波,最后竟无人知道她的下落。

喜讯

1942年的春天比往年来得要早些,尽管积雪还覆盖着大山下村周边的山林和田野,但美人弄1号园子里那棵郭雪聪去年插下的蜡梅,已经绽出了粉红色的花骨朵。

姑娘们总是爱美的,那天,早起的李爱玉偶然间发现蜡梅枝上抽出了新芽,便招呼刚起床的姑娘们:"大家快来看,蜡梅抽芽了。"于是,田阿大、柴华英过来了,王巧珍、周爱贞和阿秋过来了,最后连黄慧姬也来了。她笑着问大家:"姑娘们,什么事这么高兴啊?"

是啊,最近值得高兴的事还真不少。自听说去年5月从浦东过来了一支抗日队伍后,后来不时听说有自己的部队从浦东渡过杭州湾到三北;到今年7月间,据说将有一批大领导要乘船来三北。这些消息有些是黄慧姬从敌人报纸的字里行间分析出来的,有些是上级领导透露给她的,总之,接二连三的好消息告诉大家,抗日的力量在一天一天地强起来,抗日的形势更在一天一天地好起来。

高兴的事还体现在赵平等县工委的领导对烟厂情报工作的满意上。烟厂自开张到现在,尽管敌情形势复杂,环境也十分险恶,但在搜集情报、传送情报和护送上级领导赴根据地等多项工作上,均出色地完成了任务,从而多次受到赵平部长的表扬。

这天下班前,黄慧姬笑眯眯地对正在收拾制烟工具的姑娘们说:"晚饭后,大家不要外出,有事。"

"什么事?"田阿大悄悄问。

"高兴事。"黄慧姬卖了个关子。

与之前每次开会一样,烟厂的这次会议差不多也是在半夜时分悄悄召开的,这时候,整个大山下村已是寂静一片,只有偶尔传来的几声狗吠,打破夜的宁静,显得分外刺耳。这时在美人弄烟厂中间的工场间,点着一盏豆油灯,前后门窗已被两块黑布遮得严严实实,在外面看不到一丝光亮。烟厂的全体共产党员,除金雨青在永济医院护理伤员未在场,其他人都静静地坐在凳子上,大家神色庄严,目光暖暖地看着一个人——四妈赵煦照。

是啊,今晚的确是个大喜的日子,经过党组织的培养和考察,组织上已批准赵煦照加入中国共产党。到这时候,大家才知道,原来在郭雪聪还未调走前,就已开始对赵煦照进行培养和考察了。因为保密,这件事当时只有郭雪聪和陈滋萱知道,陈滋萱还秘密地给赵煦照送去了《大众哲学》《共产党宣言》《论持久战》等一些进步书籍。在郭雪聪调离烟厂的前一个晚上,她最后一次跟赵煦照谈了话,除了进一步了解赵煦照的家庭情况,更多的是向赵煦照讲了党的宗旨、奋斗目标和对一个党员的要求,最后说:"经过组织的考察,我们认为你已符合了一个共产党员的要求,组织上已批准你入党,我愿意做你的入党介绍人。但是,因为明天一早我就要离开这里了,你的入党宣誓仪式由新来的负责同志为你举行。"

为了保密,晚上的入党宣誓仪式很简单。仪式开始前,黄慧姬和田阿大挖开灶间火仓旁的一块小青砖,从里面取出一块由蜡纸包着的红布头,红布上缝着黄布剪成的镰刀和斧头。田阿大和李爱玉用图钉把红布钉在墙壁上,在豆油灯灯光的映照下,工场间立即呈现出一片柔和的粉红色。

作为中共大山下卷烟厂地下党支部书记的黄慧姬,是这次入党宣誓仪式的主持人。今晚,在这个特殊的地方为一位同志举行入党宣誓仪式,她的心情是无比激动的。但是,她不能把这种激动的心情表现在行动上,因为恶劣的环境不允许,她们只能在这夜深人静时,悄悄地、简单地欢迎一位自己的同志和战友加入先进分子的行列。为此,她站在大家面前,压着声音说:"同志们,我们这次不能唱《国际歌》了,但以后我们一定会有机会大声歌唱的。现在,请赵煦照同志举起拳头,跟着我宣誓。"

田阿大轻轻提议说:"黄慧姬同志,我们也一起来吧。"

黄慧姬一听,激动地点了点头说:"好,大家一起来,由我来领誓。我志愿加入中国共产党……"

宣誓结束,黄慧姬紧紧地握住赵煦照的手说:"赵煦照同志,祝贺你。"

"祝贺你,四妈。"

"四妈,祝贺你。"

紧握着姑娘们伸过来的一双双热情而又有力的手,赵煦照的眼眶湿润了。她面露微笑,轻轻地不断重复着一句话:"谢谢组织,谢谢同志们,谢谢……"

这是1942年初春一个普通的晚上,在一间普通的工场间,举行了一个看似普通却又极为庄严的仪式。这是一个革命者的神圣典礼,即便前方腥风血雨,即便随时会付出生命的代价,也无所畏惧,在所不惜。因为,信仰高于一切。

○ 周明

○ 陈杰

○ 徐家岙上虞工委驻地旧址

险象环生

○ 兰阜小学旧址

○ 梨山桥旧址

○ 大乘庵旁的永济医院旧址

○ 前排左为黄慧姬入党介绍人赵平,右为接替郭雪聪担任烟厂党支部书记的黄慧姬,中为赵虞、黄慧姬夫妇之子赵小平;后排为赵虞。

精心布局

暗铃

经历了"臭弹"事件后,"老光棍"和他手下的一帮弟兄们哑巴吃黄连——有苦说不出,但他不会就此罢休的,他"老光棍"不是那种吃了亏就善罢甘休的人。他这人很阴毒,且鬼点子特多。

不过郭雪聪离开美人弄1号,对"老光棍"来说,算是稍稍平息了一点他心中的怒火。尽管烟厂的姑娘们说她是回老家成亲,不久就会回来的,但"老光棍"认为,是郭雪聪害怕了,逃回老家了。不管郭雪聪是成亲也好,逃跑也罢,他"老光棍"与烟厂的仇是结下了。

"老光棍"对付烟厂的办法有很多,当然,晚上他是不敢再来了,那天晚上的"臭弹"给他留下的记忆,令他至今心有余悸,一想起来,浑身就起鸡皮疙瘩。他现在采取的办法是,只要白天不上岗，就到烟厂来闲逛。如果他去站岗了，就叫手下的那几个新兵蛋子来串门。这些新兵蛋子大多也是苦出身，原本也是老实本分的人，但近朱者赤，近墨者黑，自从跟了"老光棍"，也渐渐学坏了。到了烟厂后，也开始学着"打秋风、敲竹杠"，甚至吃姑娘们的"豆腐"。最要命的是，这些人来烟厂串门，毫无时间规律，说来就来。来了之后，吹着口哨，哼着淫曲，东瞅瞅、西望望，贼头贼脑，鬼鬼祟祟，有几次，还把头探进关着门的宿舍里，挤眉弄眼的。烟厂里都是些姑娘，且不说这些人的粗野行径给她们的生活带来了诸多的不便，最主要的是，有时候姑娘们正在宿舍里秘密抄写情报，或者正有上级领导在烟厂等候护送，这些伪军突然闯入，让她们既紧张又慌乱。有一次，王巧珍与柴华英正在宿舍里交流搜集情报的事，一个伪军突然探进头来，见两人神色紧张，伪军当即起了疑心，厉声问："日间不做亏心事，半夜敲门心不惊，你们这么慌张干什么？"王巧珍与柴华英被这伪军一吓，你看看我，我看看你，嘴里嗫嚅着，竟说不出完整的话来。幸亏赵煦照从旁过来掩饰说："人家姑娘家正在说男方彩礼的事，你一个大小伙子偷听人家姑娘说话，也不怕难为情？"

那伪军认识赵煦照，连连摆着手说："哦，我没偷听，四妈，我没有偷听，真的没有偷听。"边说边逃也似的窜出门去了。

这时黄慧姬也过来了，望着那伪军的背影，对赵煦照说：

"这样子不行,四妈,这太被动了,得想个法子。"

赵煦照说:"我有一个办法。"

黄慧姬说:"什么办法,四妈?"

赵煦照说:"陈滋萱的家就在美人弄前面的'太邱世泽'台门里,外来的人到烟厂,都要经过她家门口。她母亲缠过脚,平时很少出门,只坐在家门口,跟过往的人聊天。我就叫她母亲在家门口看着点,如果有陌生人来了,就告诉我们一声,以便我们有准备。"

"'太邱世泽'到美人弄有四五十米呢,她哪里来得及告诉我们?"

"这我已经想好了。"赵煦照说着,便凑到黄慧姬的耳旁,轻轻嘀咕了几句,黄慧姬一听便笑起来,说:"四妈,你这办法好。"

赵煦照说的办法其实很简单,就是从烟厂到陈滋萱家里,沿屋檐秘密拉一根细绳,在烟厂这一头,吊一只小铃铛,在陈滋萱家那一头的后门门楣隐蔽处,挖一个小圆洞,细绳从小圆洞穿过去,拉钩藏在门后面。如果看到有陌生人来了,在门口坐着的陈滋萱母亲就从门后拉一下那细绳,这时烟厂那头的小铃铛就会响起来,听到铃响的姑娘们就能在陌生人到烟厂前做好准备。

赵煦照想出的这个办法还真灵,就在烟厂装上暗铃的第二天上午,大家刚刚在工场间坐下来开始卷烟,铃铛突然"叮当、叮当"响了三下。铃声刚停,只见"老光棍"带着两个兵走了进来,看他黄中带黑的脸色,应该是夜间值勤刚下岗,"唷,都在啊,呵——""老光棍"边打着长长的哈欠,边阴阳怪气地说。

黄慧姬这时已把宿舍门关了,出来说:"都在,老总,有事吗?"

"老光棍"一听,便把脸拉长了,说:"没有事就不能来了?这里是老子的管辖地,老子想来就来。怎么着?你们的烟税交了?"

黄慧姬赔着笑脸说:"交了,交了,一文也没少交。昨天碰到罗队副,还称赞我们烟厂呢。"

"你别拿罗队副来压我,他是他,我是我,我不吃他那一套,老子不是吓大的。""老光棍"说着就要往里面走,黄慧姬把他拦住了,说:"老总,大伙都在干活,您就别往里面去了。"说着,把六包香烟塞到他手里:"刚卷出来的烟,一点小意思。"

"老光棍"拿出两包烟,给跟着的两个士兵一人一包,余下的四包装进自己口袋里,嘟囔了一句:"这还差不多。"说着边打着哈欠边朝身后的两个士兵歪了一下头,说:"走,睡觉去,困死了。"

分店

自从装了暗铃后,黄慧姬和烟厂的姑娘们对付突然而至的伪军们要从容得多了。不过,暗铃提醒的也并不都是要提防的人,有时,也包括黄慧姬急切要见到的自己人。这不,这一天晌午前,暗铃响过之后,走进来一个扎着两条发辫、脸上脏兮兮的"女烟贩"。黄慧姬一看,连忙把她拉进宿舍里,高兴地说:"爱史,我可把你盼来了。"

来人名叫倪爱史,老家在靠近四明山的上虞永和乡横路村(现属余姚市梁弄镇),曾化名陈菊英、朱彩贞、陈洁行。倪爱史是在参加上虞县工委组织的妇女识字班时接受党的教育并积极投身抗日救亡活动的。当时县工委在五夫、驿亭、茅家溪、蔡林、百官、徐家岙、丰惠、章家埠、下管等地成立了识字班,而识字班的教员都是一些女共产党员,如杜连珠、罗佩蘅、吴经云、陆蕴如、李曦影等。与倪爱史一样，烟厂的李爱玉也是在妇女识字班中接受了党的教育并成为一名共产党员的。

"等了你两天，都把我急坏了。"黄慧姬拉着倪爱史的手说。原来两天前，已在五车堰永兴小学落脚的赵平部长找黄慧姬谈话，告诉她，不久前日本鬼子为加强对我东部沿海地区的封锁，出动12万兵力，历时两个月，发动了浙赣战役。国民党30万部队放弃了浙赣线，现诸暨、义乌、金华、东阳、武义、浦江、建德、桐庐、嵊县及新昌等地已相继沦陷。敌我斗争的形势发生了重大变化。为了全面及时地搜集掌握上虞、五夫及马渚等附近地区日伪军的动向，配合浙东抗日游击队狠狠打击敌人，县工委决定并报上级批准，在大山下开设美人弄卷烟厂的基础上，再在日伪军占据的重要据点五夫镇及小越镇分别开设一家卷烟分公司和一家香烟店。此项工作由美人弄卷烟厂具体负责实施。关于小越镇上香烟店的负责人，由美人弄卷烟厂自定。五夫卷烟分公司的负责人，县工委决定由中共虞东支部交通员倪爱史担任。倪爱史当时的公开身份是永和乡龙溪小学的教员，该校就是虞东支部的联络点。因学校曾隐藏过小南山游击队的枪支，引起了敌人的怀疑，倪爱史已经暴露，为免遭敌人迫害，赵平部长连夜派人通知倪爱史，要求她立即撤离永和乡，去小越镇大山下村的美人弄卷烟厂接受任务，然后，迅速去五夫卷烟分公司上任。

黄慧姬的老家在梁弄,倪爱史的老家在永和的横路,两处相隔并不远。当年黄慧姬在余姚政工队时,就与在虞东支部任交通员的倪爱史相识,但两人的工作并不在一起,没想这一次,就要并肩战斗了。

"敌人查得很严,路上遇到了点麻烦。"倪爱史解释说。原来倪爱史在昨天天不亮就出来了,从永和到小越,约有60多里的路程,几乎要横穿大半个上虞。如果走大路,途中要经过夹塘、谢桥、丰惠、梁湖、百官等多个日伪军据点;如果抄近路,那只有走小路,不仅要蹚过多条河流,还要爬过多座山岗,其中有许多地方,还是荒山野岭,没有人烟。因倪爱史身上带有"良民证",她一开始决定走大路,不料刚走到丰惠,就遇到了麻烦。原来不久前在虞东发生过一次地下党去包村伪村长家缴枪的事件,因当时情报有出入,加上有狗吠声,惊动了住在村长家里的伪军和附近塔山上的日军,日军发射了照明弹并用机枪扫射,缴枪行动失败。作为虞东地下党的交通员,倪爱史知道这次缴枪事件的经过,也认识参与缴枪活动的黄之时、赵虞、金丹、黄梓青、梁中、施炳炎、许庆春、武扬、施达等同志,其中金丹还是她的恋人。这次缴枪行动不但没成功,还引起了敌人的警觉和戒备。事后,凡是从虞东方向来的要通过各据点的人,都会受到特别严苛的盘问及搜查,稍有疑点,就会被敌人抓进牢房严刑拷打。听说已有十几个人被抓了进去,至今生死不明。

倪爱史是在离丰惠据点不远处的一棵大树下临时改变行程的。很显然,她不能冒这个风险,因为她身上藏有一封组织介绍信和一份绝密文件,虽然这两份文件已被编入她的发辫和缝在衣服内,但万一被发现,后果是难以想象的。为此,她决定走小路。于是,她从丰惠向北,翻山越岭,越溪过河,凡是有人的地方,能避的地方尽量避;有村庄的地方,能绕的地方尽量绕过。为了早点赶到大山下村接受任务,她累了,就靠在树上歇一歇;饿了,就摸出一块"冷麦果",就着泉水或河水吃。有一阵儿,她走着走着发现没有路了,原来是误入了一处荒山野岭。此时天已擦黑,两侧岭上夜色越来越浓,像大山一样压向她的头顶,使她透不过气来。不远处,一只无名兽在发出令人恐怖的叫声。倪爱史吓坏了,她哭了,这时候,她多么渴望能遇见一个人啊!可是人在哪里呢?正在这时候,背后传来一声沙哑的咳嗽,倪爱史猛一回头,发现离她十几米远处,站着一位白发老汉,老汉手中拿着一支猎枪,脚旁蹲着一只小黄狗。还没容倪爱史开口,白发老汉先说话了:"姑娘,你这是到哪里去啊?兵荒马乱的,怎么到这深山冷岙里来了?"到了这时候,倪爱史只有实话相告了,说:"爷爷,我要到小越去,走到这里,我迷路了。"白发老汉一听便笑起来,说:"我说呢,一个小姑娘,一个人低着头只顾往山里走,我以为你有什么事想不开,所以就跟来了。"倪爱史一听,也破涕为笑了,说:"不是的,爷爷。"老汉说:"小越离这里倒不远,也就十几里地。"倪爱史问:"爷爷,这里是哪里?"老汉说:"这里是驿亭,爬过前面的旋网山,就是小越了。可是你走错方向了,这里是向东,你要往西北走。"倪爱史明白了,说了声"谢谢",就要往旋网山走去。老汉说:"黑咕隆咚的,明天走不行吗?"倪爱史说:"没事的,爷爷。"老汉似乎看出了点什么,在后面喊:"路上小心啊,不要往五夫走,那里有东洋兵,盘查得很紧。"

"知道了,爷爷。"就这样,倪爱史紧赶慢赶、早赶晚赶,终于在第二天上午,风尘仆仆地赶到了大山下村里。

"我说呢,怎么弄得像叫花子一样。"黄慧姬打趣说。

这时候,在工场间卷烟的李爱玉闻讯也过来了。李爱玉与倪爱史是在县工委组织的妇女识字班中认识的,两个人还一起入的党。后因工作需要,一个在虞东担任地下交通员,一个在虞北从事情报搜集和传递工作,两人已有1年多没有见面了。此次相见,分外亲热。拥抱之后,倪爱史对李爱玉说:"爱玉,快去给我打盆水,不然,人家真以为来了一个叫花子呢。"

打来洗脸水后,黄慧姬又叫李爱玉去烧一碗阳春面,"多放点菜油。"她在背后叮嘱李爱玉。

吃面的时候,倪爱史急切地问黄慧姬:"我什么时候去五夫?"

"下午,"黄慧姬说,"由田阿大同志护送你过去。"

"真想与同志们多待一会儿啊。"倪爱史边吃面边说,看得出,她说话时眼眶是红的。黄慧姬拍了拍倪爱史瘦削的肩膀,也动情地说:"下次吧,爱史。不,等革命胜利了,我们姐妹们就可以永远在一起了。"

"我早盼着这一天啊。"

关于在五夫镇上设立卷烟分公司的事,赵平部长已经考虑得十分周全了。而这首先要感谢杜婉容女士的帮助。杜婉容是五夫当地人,早年随夫在汉口经营酱园及纸店等产业。33岁时,丈夫在汉口去世,她就携子回到老家,置了一些田产。本想教子度日,安享余年,不料回家没几年,抗日战争爆发了。杜婉容缠过脚,只读过两年私塾,但她十分好学,家里长年订着《申报》《大公报》《时代》《新女性》《生活周刊》等报刊,正是在这些进步报刊的影响和熏陶下,杜婉容的视野,才逐渐从家庭的小圈子、五夫的小地方走出来。她看到了国家的衰落、百姓的苦难和民族的危亡,从而认识到:国家兴亡,匹夫有责。杜婉容最早参加抗日活动是以个人名义向东北义勇军和十九路军的将士们捐款,因为不知道对方的地址,她就多方打听,最后通过《生活周刊》将捐款转交给前线将士。之后,她又亲自担任五夫镇抗日后援会负责人,积极动员大家捐钱捐物,送到前线。她还在家里举办夜校及妇女识字班，宣传抗日救国的道理。有一次，她听说上虞县工委一位领导染上了霍乱，因无钱治疗，命在旦夕，她就当即拿出80元钱，为他支付了全部医疗费。该领导经过治疗，不久康复出院。宁绍沦陷后，五夫成了敌占区，白色恐怖横行。为防敌人破坏，上虞县工委负责人傅志评、华俊、周明、赵平、赵虞及宁绍特委杨思一、马青、朱学勉等领导多次借用杜婉容的家开会，并把一些秘密文件和重要资料托她保管。五夫沦陷期间，杜婉容曾受到日伪军的多次威逼利诱，都不为所动。相反，她还把搜集到的情报，通过自己的亲戚及可靠的邻居，送到永兴小学的地下党联络站。在母亲的影响下，杜婉容的两个儿子也成了革命者，尤其是她的大儿子潘炯乐，1937年春曾赴延安抗大学习。因潘炯乐事先未告知，杜婉容只得四处打听儿子的下落，还写信到武汉八路军办事处和《新华日报》社打听消息，后黄道同志写信告诉她："你的儿子是到他想去的地方了。"她的心才放了下来。

　　杜婉容与赵平堪称老朋友，当年为办夜校、妇女识字班以及参加一些秘密会议，赵平曾多次出入杜婉容家。赵平比杜婉容小14岁，故她总是亲切地叫杜婉容"杜大姐"。若在工作中遇到了难题，赵平第一个想到的就是请杜大姐帮忙。1940年，组织上要在百官开设战胜女子商店时，缺少股本金，赵平找到了杜婉容。杜婉容一口应允，慷慨拿出100元钱参股，还让赵平任股东，以便她能名正言顺地参与店里的事务。

杜婉容的家在五夫镇旁的小寺桥,当地人惯称"新屋里"。可能是因为与五夫镇上成片的明清建筑群相比,这幢建于民国初年的大宅相对来说比较新,所以当地百姓才给它取名"新屋里"。"新屋里"前面不远处就是舟楫穿梭的浙东古运河,而河的对岸就是商贾云集的五夫老街了。

因为五夫正处在杭甬铁路线边上,它的地理位置十分重要。宁绍沦陷前,国民党在这里有驻军。宁绍陷落后,日伪军占据了这里。而对中共地下党来说,这里又是同志们南来北往的必经之地。基于此,县工委才决定在大山下村美人弄卷烟厂已基本站稳脚跟的基础上,在五夫敌占区再设立一个卷烟分公司,以扩大情报搜集的范围,地点就选在杜婉容家里。

"没问题,我一定大力支持。"那一天,当赵平代表县工委征求杜婉容的意见时,杜婉容一口应允。

"太谢谢您了,杜大姐,您总是不断地在帮我们。"赵平感激地说。

"你看,见外了吧,都是一家人,谢什么?"

赵平说:"大姐,这个卷烟分公司名义上是大山下美人弄卷烟厂的分店,实则是我们钉在五夫敌占区的又一枚钉子。我们将派一个得力的女同志来这里负责工作,她叫倪爱史,是个有一定情报工作经验的同志。她两三天后来这里,到时由美人弄卷烟厂派人陪着过来。"

"好的,这两天我会叫人把房子腾出来。"

就在杜婉容把"新屋里"东边三间玻璃窗平房打扫干净后的第三天下午,美人弄卷烟厂的田阿大陪着倪爱史来到了杜婉容家里。两人来时各背着十几条土香烟,杜婉容见了笑着说:"有了这么多土香烟,卷烟分公司看上去就名副其实了。"

也就在这一天下午,在小越镇横街上,一间十几平方米的小香烟店也悄然开张了。店员共两人,除了店老板李爱玉,又在附近雇了个大妈。店里除销售美人弄卷烟厂生产的"美人"牌香烟,还兼售毛巾、火柴、肥皂、"百雀羚"雪花膏等日用品。开张那天,黄慧姬和卷烟厂都没出面,以免引起镇上伪军的怀疑。但在李爱玉离开大山下村之前,黄慧姬找她谈了话,说:"爱玉,你要在小越孤军作战了,对可能碰到的困难,你要有思想准备。"

李爱玉说:"放心吧,大姐,我不会给党丢脸的。"

遇险

田阿大在护送倪爱史到五夫后,就在杜婉容家过了一夜,确切地说,她只睡了两个多小时,就于次日一早赶到余姚临山镇老街。她在这里有一个重要的任务要完成,这是昨天她离开大山下村护送倪爱史到五夫前,黄慧姬交代给她的。黄慧姬又是从哪里接受这个任务的?田阿大不知道,她只知道在倪爱史来大山下村之前,黄慧姬曾单独出去过一次,她去了哪里了,又见了什么人,田阿大不好问。黄慧姬只告诉田阿大,在完成护送倪爱史到五夫后,务必于次日一早9时左右,赶到余姚临山镇老街濒河的一家小茶馆,见一个40岁左右的男子。此人中等身材,长着络腮胡子。该男人与田阿大对上暗号后,会从她这里买一包香烟,然后付一张老法币给她,她务必要把这张老法币收好、藏好,因为那上面有重要的情报。

"暗号是什么?"

黄慧姬凑到田阿大的耳根边,悄悄嘀咕了几句:"记住了?"

"记住了。"田阿大点点头。

"千万要小心啊,我……"黄慧姬欲言又止。

田阿大问:"大姐还有什么话?"

黄慧姬神色严肃地说:"阿大,这件事我本来不想告诉你,但我想你知道了也好。不久前,我们有一位叫郑春泉的同志,他是虞北地区党的负责人之一,就是在去临山送情报时被伪军抓住,最后在临山被活埋,牺牲时还只有23岁。你去临山镇,人生地不熟,遇到情况时,一定要沉着冷静啊。"

田阿大听出黄慧姬话中有话,笑笑说:"大姐你放心,不管遇到任何情况,我田阿大绝不会给我们党丢脸的。"

田阿大在赶到临山老街时,老街早已开市,街上熙熙攘攘,人头攒动。周边的盐户、棉农、渔民和农人等从四面八方来这里赶市。临山是浙东有名的古镇,戚继光曾在此屯兵抗倭,至今周边尚存卫城的古城墙、烽火台及炮楼等。临山西与上虞相连,北通慈溪,南临四明山余脉,因靠近海边,一度成为余、上、慈三县海船停靠和货物流通的集散地,地理位置十分重要。宁绍沦陷后,临山成了日伪军的重要据点。当然,也是浙东地下党获取情报的重要来源地之一。这次田阿大到临山,就是来接收一份重要情报,然后呈送给宁绍特委的领导。

临山老街上有两家茶馆,一家临河,一家在街内,因来时黄慧姬告诉田阿大,接头处在临河的茶馆内,故田阿大就在临河的茶馆里找了一个空位坐下。此时在茶馆里喝茶的人已很多,当地人有喝早茶的习惯,且茶客以中老年人居多。因老街开市早,前来赶市的人在赶完市头后,往往太阳才从海平面出来,于是有些人就会来这里喝一壶热茶,除了歇歇脚、临临市面,运气好的话,还能做成些小生意,何乐而不为。

田阿大这天打扮成一个卖烟女,手臂上挎着一只竹篮子,篮子里有一条半"美人"牌香烟。有个喝茶的顾客买了一包后抽了一口,说:"味道还可以,就是淡了点。"

正说话间,田阿大看到有个人掀开门帘走进了茶馆,此人40岁左右年纪,穿着一身黑色土布衣裳,中等身材,腰板笔挺,一张国字脸上,长着浓密的络腮胡子。进门以后,他扫视了一下茶馆里的人,然后把目光停留在了田阿大的脸上。田阿大的心跳猛地加快了。按理说,田阿大也算是个老资格的情报员,无论是在百官战胜女子商店,还是在大山下美人弄卷烟厂,她搜集、接收和送递情报少说也有几十次,且每次都出色地完成了任务。但这一次,她感到有一点紧张和不安。是因为黄慧姬说的这份情报很重要,她心中的压力太大了?还是因为来一个很远的陌生地方接收情报,她心里无把握?她说不清。

这时,这个长着络腮胡子的男子已坐到了一张空桌上,他点了一壶碧螺春和一盘南瓜子。待跑堂离开后,田阿大便装着卖香烟的样子凑上前去,笑眯眯地问:"老大,你壶中泡的是什么茶?"

正在嗑瓜子的络腮胡男子抬头看了她一眼,说:"碧螺春。"

田阿大又问:"那吸的香烟呢?"

络腮胡子男子又看了田阿大一眼,摊了下手说:"吸光了,正想买一包。"

暗号对上了,田阿大说:"我这里有。"说着便把竹篮递过去,揭开盖在香烟上的一块布,说:"老大请。"

络腮胡男子看了看田阿大,伸手从篮中拿出一包烟,在鼻子底下闻了闻,说:"好烟。"然后从袋中摸出一张老法币,扔入竹篮中,站起来正要走。忽听到从街上传来一阵杂乱的脚步声和东西被撞翻的"乒乓"声,络腮胡男子冲到门口,掀帘一看,转身朝田阿大和茶客们喊了声:"快走,侦缉队来了。"边喊边跳上临窗的一张桌子,然后,纵身一跃,跳入河中。这边,田阿大与茶客们趁侦缉队还未到茶馆门口,便一齐冲了出去,四散而逃。在转过一处街角时,田阿大看到十几个鬼子和伪军侦缉队冲进了茶馆,然后,便听到一阵密集的枪声朝河中央射击。正不知往哪里走,有一个头戴一顶破草帽、帽檐压得很低的小伙子经过田阿大身旁,悄声说:"快走,往东,到东大街33号,有人送你出城门。"说完就闪进一条弄堂里。

田阿大回到美人弄卷烟厂时,已是当日的傍晚,她在过梨山桥的时候,适逢"老光棍"与另一个士兵在站岗。那"老光棍"手一伸,就把田阿大拦住了,阴阳怪气地说:"唷,田姑娘,昨天下午出去,到现在才回来,昨儿晚上宿哪儿了?"

田阿大说:"我姑妈病了,陪了她一晚上。"

"老光棍"说:"上次你夜不归宿,说是你舅舅病了,这次又说姑妈病了,你家的亲戚怎么老是生病啊?"

田阿大叹了口气说:"有什么办法呢,吃没有吃,穿没有穿,一年到头只是做,哪有不生病的。"

"老光棍"冷笑了一声说:"我看你根本没有说实话。"

田阿大说:"老总,我说的句句是实话啊。"

"实话?我问你,你姑妈在哪里?""老光棍"说话时,那双冒着阴险狡诈的眼睛盯着田阿大的脚。田阿大的心里"咯噔"跳了一下,想:"这家伙狡猾,不能给他钻了空子,"便说:"在临山海边兰塘乡,黄家埠旁边。"

"你把鞋脱下来。"

"脱鞋干什么?"

旁边那个伪军士兵走上来说:"别啰唆,把鞋脱下来。"田阿大只好脱下一只鞋。那士兵把鞋递给"老光棍","老光棍"看了看田阿大,然后伸出食指,在鞋帮外面刮了一下,抹下一些泥土来,先凑到鼻子下面闻了闻,又用手抹了抹,发现鞋上的泥土确实是海边的沙性土,便说:"兰塘那边是'三五'的活动地,我看你是去那里与他们接头的吧。"

"老光棍"这么一说,田阿大的心中有底了,便装着委屈的样子说:"老总,你这玩笑可开不得,我的命够苦了,你再给我扣上这一顶帽子,我以后还怎么做人啊。"说完便捂着脸要哭。

"老光棍"说:"你也不用吓唬我,你这香烟我要扣下来检查,万一查出什么来,我看你怎么说。"田阿大在回来的路上又卖掉了几包香烟,现在竹篮里还剩下4包。她心想,只要那张老法币安全,这几包香烟就当喂狗了,但嘴里还是说:"老总要检查,我也没有办法。"说完,就把篮里的香烟拿出来全交给了"老光棍",快步跨过了梨山桥。

回到美人弄1号,刚刚到门口,早已焦急等候着的黄慧姬一把将她扯进门,说:"阿大,你可回来了,我都急死了。"

田阿大说:"在梨山桥被那'老光棍'又缠了半个多小时,气死了。"

黄慧姬说:"我知道的,他再缠着你,我又得叫四妈去找罗队副说情了。这罗队副自从我们送过厚礼后,对我们的刁难倒是少了一些了。"

"还是那个苟剩仗义些,可惜他又调回小越镇上了。"

"这'老光棍'只听罗队副的,不买苟队长的账,有一次两人吵起来,听说还拔了枪。"

进入灶间后,黄慧姬关上门,田阿大把那张老法币从一只鞋底的夹层中取出来,说:"刚才'老光棍'要我把鞋子脱下来,我以为他发现了什么,后来才明白,他是想从粘在鞋底上的泥土分析我是否在说谎。"

"于是你把另一只鞋子给了他?"

田阿大一听笑起来,说:"对,这家伙太坏了。"

吃饭的时候,田阿大便把在临山取情报时碰到的情况向黄慧姬做了汇报,说:"不知道那位跳河的同志脱险了没有,我真有点担心他。"

"但愿他能平安。"黄慧姬叹了口气说。

"后来又有一个戴草帽的人过来叫我往东走,我估计他也是我们的同志,一直在保护我。"田阿大回忆说。

"是啊,"黄慧姬说,"我虽然不知道这纸币中写的是什么,但我敢肯定,这是一份极重要的情报,我们必须立即送到上级的手中。"

田阿大一听,便自告奋勇说:"大姐,还是我去吧?"

黄慧姬说:"你累了两天了,再说,你最近老是外出,也容易引起敌人的怀疑,还是派别的同志去吧。"

内线

经过再三考虑,黄慧姬决定把送递这份情报的任务交给在小越横街上开烟店的李爱玉。赵平曾告诉黄慧姬,在烟厂派人从临山取来这份情报后,应立即送给百官镇上的李曦影。李曦影是地下党在百官的交通员,按照单线联系的纪律,黄慧姬在派人将这份情报送给李曦影之后,任务就算完成了。至于这份情报送给谁,什么时候送,那是李曦影的事。因为李曦影是李爱玉在妇女识字班学习时的教员,与她很熟悉,所以黄慧姬才决定由她去送。

黄慧姬于次日一早派阿秋去小越横街的香烟店通知李爱玉,李爱玉便以进烟的名义来到美人弄1号。领受任务后,她便往篮里放了两条"美人"牌香烟,然后,从大山下村码头乘中午的航船到百官,很快就找到了李曦影租在下市头的小房子。不料李曦影不在家,这使李爱玉很着急。情报在她身上多停留一分钟,就会多带来一分危险。但她也不能老站在李曦影家门口,这里离船码头很近,人多眼杂,侦缉队和日伪人员进出频繁。为此,她只好站在远离李曦影租房的一棵大樟树下进行观察。其间,她似乎看到有一个身穿长衫、头戴筒盆帽的男人,也到过李曦影的租房门口,徘徊了几分钟,走了。

李爱玉在李曦影家门口等了差不多两个小时,才等到人。师生见面,分外亲热,李爱玉刚要说话,李曦影"嘘"了一声,随即关上房门,从窗帘缝中朝外观察了一会儿,见无可疑人员跟踪,才转过身来,拉着李爱玉的手悄声说:"爱玉,东西带来了?"

"带来了。"李爱玉边说边将装烟的竹篮翻转,抽出竹篮底部的一根小竹管,用手一拍,从竹管里倒出一张纸币来,交给李曦影。李曦影接过纸币,也不说话,立即走进里间,不到一刻钟就走了出来,兴奋地对李爱玉说:"爱玉,你送来的东西很重要。听说上级马上就要开会了,我今晚就要把这份东西送到敌工部。"

"敌工部?"

"对,就是敌伪军工作委员会。"

"那是干什么的?"

李曦影说:"就是领导我们的,比如,你们的工作、我的工作,都是由敌工部直接领导的。"

"哦,有机会,真想见见敌工部的同志啊。"李爱玉说。

"会有机会的,爱玉。"李曦影笑着拍了一下李爱玉的肩膀说。

李爱玉在李曦影处待了一会儿,看天色将晚,为了赶去崧厦的末班航船,便起身告辞。行前,她悄声问李曦影:"老师,你这两年一直就在百官吗?"

李曦影"嗯"了一声。

李爱玉又悄悄问:"也在干与我们一样的工作吗?"

李曦影这回板起了脸,一本正经地说:"这我不能告诉你,李爱玉同志,你这已经违反纪律了。"

李爱玉一听,伸了伸舌头说:"是,接受老师的批评。"

李爱玉向李曦影提的这一个问题,直至半年后,她才知道答案。原来此时,李曦影正在党组织设在百官的一个地下情报站工作,该站由中共党员袁啸吟、何畏、沈海潮及杨金标等同志组成,他们利用与汪伪特工总部杭州区绍兴站的微妙关系,在百官镇安桥头10号筹设了一个办事处,对外称"10号"。"10号"的主任由绍兴派来的汪伪特工俞徇担任,副主任由袁啸吟担任;下设总务、情报、行动3个组,总务组由沈海潮负责,情报组由何畏负责。在"10号"内,有我地下党的一个特别支部,支部书记为袁啸吟。

"10号"名义上是汪伪设在百官镇上的一个联络站,实则是中共地下党的一个秘密情报点,其主要任务是为我党秘密搜集杭州、绍兴、东关、曹娥、百官一带日伪军的情报,监视敌人的动静。在独立开展情报工作时,"10号"还派出董静芝、董思浩、林雪等政治交通员,与余上县区委书记张光及负责虞北一片情报工作的赵平等秘密建立横向联系。赵平当时负责的主要情报点是美人弄卷烟厂及五夫、小越的分店,因此,双方在情报传递及情报交流上是十分频繁的。尤其是在涉及小越伪军季槐林部的情报及虞北顽军的情报搜集传递上,双方的配合更为密切。而当时百官的接头、联络地点,就是李曦影的租房。

但"10号"办事处只成立了四五个月时间,因一些公开的活动引起了驻百官日军的注意,虽没有被抓到把柄,但已开始被日军怀疑了。于是,组织上便以上虞县属宁波地区管辖,而绍兴地区无法管理该办事处为借口,撤销了这个办事处。这样,袁啸吟、沈海潮和杨金标等也就离开了"10号",由党组织调回根据地另行分配工作,仅留下何畏打入汪伪百官区公所及国民党上虞县政府,并继续与汪伪绍兴特工站保持着联系。这期间,美人弄卷烟厂的情报员曾多次从何畏处接收情报,然后将情报送抵三北游击司令部,为粉碎日伪军对根据地的"扫荡"和"清剿"做出了贡献。

重任

1942年7月18日,浙东敌后第一次干部扩大会议在慈北宓家埭召开。奉中央及华中局之命,刚从上海南渡浙东的闽浙皖赣驻上海四省联络员谭启龙在会上做了题为《目前国内外形势与我党发展浙江敌后游击战争建立根据地的方针》的报告。上虞党组织派赵虞、金丹及黄梓青等同志参加了会议。

7月28日,中共浙东区党委成立,由谭启龙、何克希、顾德欢、杨思一等4人组成。8月,第三战区三北游击司令部在慈北鸣鹤场成立,何克希任司令员,连柏生任副司令员,谭启龙任政委,刘亨云为参谋长,张文碧为政治部主任。

之后,为加强党的领导,区党委对宁绍地区党的组织作了调整,合并余姚县姚江以北和上虞县甬绍铁路以北地区,建立余上县,并成立中共余上县委,由张光任书记,周明任副书记,隶属三北地委领导,下辖虞北、临山、马渚、中和4个区。上虞县东南部和余姚南部合并,建立姚南县,成立中共姚南县委,由陈布衣任书记,赵虞任组织部部长,金丹任宣传部部长,隶属四明地委领导,下辖虞东、虞南、沿江、梁弄、左雁、大岚6个区。在不久后于慈北鸣鹤场召开的浙东区党委会议上,确定了"坚持三北,开辟四明,在四明山完全占领后,再争取控制会稽山"的工作方针。

就在这之后不久的一天下午,打扮成贩烟女的赵平来到了美人弄卷烟厂。不过,此时她的身份已不是上虞县工委的宣传部部长,而是中共余上县虞北区委书记,管辖着崧厦、小越、沥海等地区。她今天来美人弄卷烟厂,是来宣布一项任命。经上级决定,任命美人弄卷烟厂党支部书记黄慧姬及百官区地下党支部宣传委员马平为虞北区委委员。因马平人在百官,赵平将另择时间去宣布。

在宣布完任命决定后,赵平又告诉了黄慧姬一个消息,有一位重要领导,近日要路过小越去慈北浙东区党委所在地宓家埭,他不会在烟厂待得太久,有可能在当日就要由烟厂派人护送到黄家埠的十六户,再由当地地下党的交通员将他送到目的地。

"任务很重,不能出半点差错。"赵平神情严肃地对黄慧姬说,"以前你们几次护送领导到根据地,都很成功,这次更要重视。"

黄慧姬说:"我们一定尽力而为。"

"不是'尽力而为',而是必须完成。"

"是,保证完成任务!这位领导的基本特征是什么?"

"男,北方人,二十几岁,国字脸,手里提一只藤箱,里面装着土烟丝。"

"土烟丝?"

"对,组织上知道你们厂的烟丝很紧张,特地从上海给你们带一点过来。"

"太感谢组织了!这样,我们又可以维持一段时间了。"说完,黄慧姬问赵平:"我与这位领导的接头暗号是什么?"

赵平朝门外看了眼,凑到黄慧姬的耳根旁,把接头暗号告诉了黄慧姬后,说:"你打算派谁护送这位同志去宓家埭?"

黄慧姬考虑了一下说:"金雨青、李爱玉、田阿大都很有经验,也很勇敢,但金大姐刚生了小孩,身体还没恢复,爱玉在小越开烟店,搜集情报的任务也很重;阿大出去次数太多,村里的伪军早已对她有怀疑。本来,我想由滋萱护送最为合适,她对这条线路也很熟悉,但是,听说她的二哥陈宗钰在赤石暴动[1]中牺牲了,我实在不忍心在这个时候,叫她去完成这个

---

[1] 赤石暴动:1942年6月17日下午,皖南事变中被俘新四军战士和爱国人士百余人,在途经福建崇安赤石镇时,发起暴动,有40余人冲出国民党包围,未冲出包围的74名被俘新四军战士在6月19日被国民党残忍杀害,其中就包括陈宗钰。

任务。"

赵平红着眼睛点点头,说:"你的考虑是对的。"

黄慧姬说:"我想了一下,这次准备请一位老将出马。"

"老将?谁?"

"四妈。"

赵平一听,点头赞同说:"好,四妈办事稳重细心,面孔也不红,伪军不太会怀疑她,由她护送,我举双手赞成。"

说了一会儿,赵平起身要走,黄慧姬说:"真想留您一晚,给大家讲讲现在的抗日形势,那会给大家多大的鼓励啊。"

赵平说:"下次吧,下次我一定讲。"

黄慧姬提意见说:"您已经说了好几个'下次'了。"

赵平笑着说:"接受你的批评,但我今晚必须要赶到倪爱史那里。最近五夫据点的日伪军下乡'扫荡'很频繁,她一个人在那里,任务很重,虽有杜大姐在帮她,可我还是不放心,得去看看她。"

"你不是肚子不舒服吗?要不我叫个人陪你一起去?"

赵平连连摇手说:"不行,不行!我患痢疾已经几天了,今天差不多好了,我能行。"说着,就起身出门,在刚要跨出门槛时,又叮嘱黄慧姬:"最近敌伪在上虞北部和余姚西部增加了多个哨卡,尤其在两县交界的马家堰和五车堰,万一四妈他们遇到麻烦,可以去找沙伯和冯永诚两个人。"

"沙伯和冯永诚?他们是谁?"

赵平说:"他们是当地青洪帮的头子,有抗日的意愿,对我们也友好。但记住,不到万不得已时,不要轻易去找他们。"

"知道了。"

赵平说完就跨出门槛。正好这时,一个瘦小的孩子挎着一只篮子从门外走进来,黄慧姬一把将他拉住,说:"永根,香烟送去了?"

"送去了,阿姨。"

原来这孩子名叫陈永根,今年12岁,是陈姓族里后四房的孩子,因人很老实、机灵,对当地环境又熟悉,黄慧姬常差遣他去办一些事。这不,上午他就去小越镇太史第台门给苟剩队长送了两条新卷的烟,刚回来。

黄慧姬指着赵平对陈永根说:"你来得正好,这位阿姨要去五夫,你能不能送她一程?最好找条近路。"

陈永根一口答应说:"好的,我知道有一条近路。"

赵平还要推辞,黄慧姬不由分说将赵平推出门外,说:"听我的,再不走,天快暗了。"

两人离开大山下村没多久,天就暗下来了,赵平对陈永根说:"孩子,快回去吧,后面的路我知道怎么走。"

陈永根说:"阿姨,前面有'东洋兵'的一个岗哨,我带你绕过去后再回吧。"

赵平担心小孩子走夜路有危险,就说:"不用,不用,我知道怎么走。"边说边扳转陈永根的身子,说:"回去吧,孩子,路上小心啊。"看到陈永根瘦小的身子消失在黑暗中,赵平才继续赶路。

没想到,就在赵平绕过日军的一个岗哨快到五夫时,就遇上了麻烦——她迷路了。当时在她前面有三条通往五夫方向的路:一条大的石板路,两条小泥路,石板路她不敢走,两条小泥路她不知道走哪一条才能避开敌人的哨卡。幸好她在徐家峇教书时,来过五夫好几次,对这一带的道路大致有一些记忆,思索片刻,她决定沿着左边一条小泥路走。这时天已完全黑了,跌跌撞撞走了一段路后,忽见前面不远处闪出了一片灯火,她知道五夫镇快到了,只要绕过古运河边上的最后一个哨卡,就是小寺桥"新屋里"杜婉容家了。但正在这时,她看到在小路的正前方,影影绰绰地走动着一些人,凭经验,她知道这是侦缉队的夜间行动小组在抓人。怎么办?她的袋子里有一本记事本,上面记着一些上级文件的精神,她不能带着这本笔记本去冒险。如果要藏起来,这黑灯瞎火的,又往哪里藏?万一没藏好,被过路的人发现了怎么办?正想退回去另找办法时,她听到有个人从后面走上来,她连忙闪到一个土坟堆后面,直至那人走近了,才发现也是个女人,于是便从坟堆后面闪出来,叫了声"大姐"。

那人吓了一跳,连连后退了几步,说:"你是鬼还是人?黑咕隆咚的,在这里干什么?"

赵平说:"大姐不要慌,我也是路过的。我要去五夫,有一件事想请你帮帮忙。"

那女人说:"我一个剃头的'堕婢嫂'能帮你什么忙?"

赵平说:"大姐,前面有个岗哨,我带了一样东西,万一被老总查出来就麻烦了,我想请你帮帮忙。"

"什么东西?"那堕婢嫂警觉地问。

赵平说:"一本小本子。"

那"堕婢嫂"一听,心中有点数了,犹豫片刻说:"这种'火戳啷当'的事,万一被东洋兵发现,我也得人头落地。唉,谁叫我碰到你了呢,本子呢?"边说边打开手中的理发小木箱,将赵平递过来的笔记本塞进小木箱中放钱的暗格里。然后,"堕婢嫂"在前,赵平在后。因那"堕婢嫂"是五夫当地人,她见前面有侦缉队的人在守候,就七弯八拐,另走了一条当地人熟悉的田间小道,从而避开了日军岗哨和侦缉队的盘查,把赵平带到了小寺桥"新屋里"杜婉容家门口。见四下无人,那"堕婢嫂"便从木箱的暗格中取出小本子,轻声说:"以后外出,还是不带这种东西为好,这些人的鼻子比狗还灵光。"

赵平感激地说:"知道了,谢谢大姐,谢谢大姐!"

护送

就在赵平离开大山下村的第 4 天上午,美人弄卷烟厂门口来了一个陌生人,此人方脸膛,高个子,穿一件青灰长衫,手提一只沉甸甸的藤箱。来人在烟厂门口刚站下,就发现黄慧姬已在门口等他了——她刚才听到工场间的铃响了,知道有陌生人找上门来。

"请问,这里是美人弄卷烟厂吗?"陌生人放下藤箱后,操着一口浓浓的北方口音问。

"是的,"黄慧姬说,"先生是……"

陌生人上前一步说:"鄙人姓戈,是来推销烟丝的,不知道贵厂是否需要?"

黄慧姬说:"烟丝是要的,不知价格如何?"

陌生人说:"价格可以商量,可否进屋面议?"

"欢迎,欢迎!"暗号对上了,黄慧姬上前一步,提起藤箱,将陌生人迎进屋里,关上门,热情地伸出手,轻声说,"您终于来了,我们等了您3天了。"

"路上不好走。"陌生人坐下后说,"对了,先自我介绍一下吧,我原名高扬,河北阜城人,现改名戈冰,今年26岁。"

黄慧姬给戈冰倒了一碗水,也自我介绍说:"我叫黄慧姬,浙江余姚人,今年……"她笑起来,说,"反正我比您大。"

戈冰笑着说:"那我就叫你大姐吧。"

黄慧姬问:"路上查得很严吧?"

戈冰说:"是查得很严,我是从浦东渡杭州湾过来的。"

"我知道。"黄慧姬笑笑说。

戈冰说:"在上海时,就有同志说起你们的烟厂,瞧,他们还叫我带上一大箱烟丝给你们。"

"组织上考虑得真周到啊。"黄慧姬感动地说。

"是啊,"戈冰说,"这一次航程,上海地下党的同志费了很大的心思。为了把我安全送到三北,他们特地把我接到浦东老港的'协利昌商行',搭乘我们自己的运输船,还专门派了几位同志护送我。但尽管如此,在小尖山海面,我们的船还是遇到了一点麻烦。"

"麻烦?"

"对,遇到了日军的一条巡逻艇。"

"啊……那快掉头啊!"

戈冰摇头说:"来不及了,再说这时候掉头,更会引起敌人的怀疑。"

"那怎么办?"

"是啊,当时真是万分危急!船上都是根据地急需的物资,除了武器弹药,还有印刷机、印钞机、毛巾机、电台、药品、布匹、电线、电池、纸张等,放了满满一大船。万一被敌人发现,后果不堪设想。"

"那后来呢?"黄慧姬急切地问。

"后来,我们先把随身带着的文件销毁掉,我和船上的几位同志把武器取出来,将子弹推上膛,还把手榴弹的盖也揭开了。我们想,万一敌人要强行登船检查,我们就与他们拼了。亏得那位船老大机智,他要大家不要慌,如果敌人的巡逻艇靠拢来,不到万不得已,不要开火,一切由他来应付。他把一大片渔网盖在船舱上,叫我们全都躲进船舱里,又从驾驶台提来一篮鱼干,抛在渔网上,伪装成一条正在捕鱼晒鱼的船。然后,不慌不忙地继续在海面上操舵行驶。后来,那条日军巡逻艇向我们的船靠了过来,船老大照样按原定航道向前行驶。日军巡逻艇见我们的船没有可疑之处,也不再登船检查,就鸣了一声汽笛,掉头,'轰隆轰隆'地开走了。"

"真险啊,听得我的心都快要跳出来了,"黄慧姬说,"后来您就从虞北的海边上岸了?"

"对,本来我可以不在虞北的海边上岸,而直接从慈北的古窑浦登陆,但听说海匪黄八妹和'忠救军'张阿六(张惠民)勾结日伪军,正在古窑浦后面的海面上盘查所有过往船只,为安全起见,我还是决定从虞北上岸。加上我还要去黄家埠十六户拜访一位长期支持我党工作的当地富商,所以就来麻烦你们了。"

黄慧姬说:"怎么能说麻烦呢?这是我们的工作。"

戈冰说:"可是给你们增加危险了。"

黄慧姬说:"干革命怎么能怕危险呢!"

戈冰点点头,说:"是啊,干革命就不能怕危险。说心里话,一想到马上又能在老首长谭启龙同志的手下工作,冒这些危险也是值得的。"

原来,戈冰在1940年秋冬时就跟随谭启龙同志了,当时他担任由谭启龙同志负责的闽浙皖赣四省联络站的政治交通员。政治交通员与其他交通员不同,政治交通员到各地去,为安全起见,都是不带有文字的东西的,而是事先把所要传达的文件记住,然后向指定的各地党的负责人做口头传达。同时,再以上述方式将各地党组织的请求报告向中央转达。政治交通员任务特殊,工作环境险恶,随时都有被捕、被杀的危险。自担任政治交通员以来,虽屡遭险境,但戈冰都能化险为夷,出色地完成任务,还受到了华中局的表扬。1942年2月,设在温州的中共浙江省委机关遭国民党特务破坏,省委书记刘英等一批同志被捕,这个消息就是由当时任政治交通员的戈冰和周一光赶到上海告诉谭启龙同志的。同年6月,华中局和新四军军部根据党中央及毛泽东同志的历次指示和浙赣战役爆发后浙东地区的新形势,派遣谭启龙、何克希、刘亨云、张文碧等一批同志挺进浙东敌后。6月20日晚上,谭启龙和连柏生、张席珍等同志率领一支100多人的队伍,从浦东南汇乘木帆船,经一夜航行,于天亮时抵达慈溪北部古窑浦,与吕炳奎、林有璋等先期从浦东抵达三北的我党抗日武装领导人会合。

1942年秋,正在中共中央华东局党校学习的戈冰也奉命调往浙东,担任余上县委委员兼组织部部长。此次南渡杭州湾,他就是来余上县委报到上任的。

戈冰在大山下美人弄卷烟厂吃了一顿中饭,中饭是玉米糊糊就霉干菜,因为戈冰是领导又是客人,黄慧姬特地叫阿秋去村小店买了两块霉豆腐。戈冰虽已一天没有吃饭了,肚子饿得很,但见到黄慧姬用盘子将一大碗玉米糊糊和两块霉豆腐端上来时,他的眉头皱拢了。他将黄慧姬拉到宿舍,问:"大姐,你们平常就吃这个?"

黄慧姬点头说:"是的,今天您来,我叫她们弄得稠一点,我们自己吃就要稀得多。"

"那怎么行啊,大姐,同志们都还年轻,这样身体怎么吃得消?"

黄慧姬笑笑说:"比起前方的同志们,我们好得多了。我们省下一点粮食来,好让前方的同志们吃得饱一点,替我们多杀几个鬼子。"

戈冰的眼眶红了,他将手伸进长衫,摸出两块银圆,塞到黄慧姬的手里,说:"大姐,这是我的一点心意,给姑娘们改善一下伙食吧。"

黄慧姬哪里肯收,说:"首长,把钱捐给前方的同志们吧,只要能早日把鬼子赶出去,我们再苦也能坚持。"

两人推辞一番,黄慧姬坚决不收。戈冰无奈,只好把银圆收起,说:"我会把你们的情况,报告给余上县委领导的。"

吃过中饭,戈冰就在赵煦照的陪同下,离开美人弄卷烟厂,去余姚黄家埠的十六户。不过此时他的身份已是赵煦照在北方一个做"烟丝生意"的"外甥"。为了给这位"外甥"圆一个合理的身份,在烟厂时,赵煦照就与戈冰对好了"台词"。就说赵煦照在上海有一个远房表姐,家里很穷,这位远房表姐在两岁时被一个有钱的河北人领养。这个有钱人后来回到了河北,但在一次做生意时被骗光钱财破产了,不久就离开了人世。留下表姐和表姐夫两个人,后来表姐和表姐夫也相继过世了,表姐在临终前把自己的身世告诉了儿子,要他一定回上虞老家寻亲。表姐的儿子经过多方寻找后,终于在大山下村里找到了"姨妈"赵煦照。

"再想想看,还有什么漏洞?"黄慧姬说。

"寻亲部分是否简单了点,应该编得复杂一些,万一他们去调查,也无从下手。"赵煦照说。

"对,另外口径也要统一,"戈冰说,"如果说法不一,容易被看出破绽。"接着大家又对"台词"做了补充和完善,在反复斟酌、觉得没有漏洞后,才离开了烟厂。

这次赵煦照他们没有走梨山桥,而是改从孤老坟头出村。因为梨山桥是进出大山下村的主路口,季槐林、陈承林对梨山桥把守得很严,在这里站岗的也多是些像罗队长和"老光棍"这样的兵痞子。

但是当赵煦照和戈冰到了孤老坟头岗哨时,赵煦照暗暗叫起苦来,原来今天在孤老坟头带岗的竟是罗队长。自从苟剩队长调回小越镇之后,罗队副就成了驻大山下村伪军小队队长,而"老光棍"则被提升为队副。这两个人狼狈为奸,沆瀣一气,今天吃东家,明天拿西家,下面的人也偷鸡摸狗,胡作非为,把整个大山下村搞得鸡飞狗跳。村民怨声载道,但又敢怒不敢言。有位年长的村民找到陈承林,希望他看在乡里乡亲的分上,出来说句话,不料陈承林竟说:"这些士兵弟兄守护着我们大山下村,吃点拿点就算了吧,别太计较了。"这事又传到季槐林耳里,那天季槐林与姚丽娜正在陈承林家里喝酒,听陈承林说起这件事,季槐林打着饱嗝,轻描淡写地说:"吃点拿点怎么了?没杀人放火算是好的了。"

陈承林向来狗仗人势,见季槐林这么说,也随声附和说:"对,对,这些村民不知好歹,人家来保护我们大山下村,吃点拿点算什么?"

因夫家与陈承林有着一点族亲关系,赵煦照倒是没被罗队长和"老光棍"敲过大竹杠。但罗队长只要一有空闲,就会邀赵煦照去打麻将。上次赵煦照邀罗队长打麻将是为了"调虎离山",没想到此后罗队长竟隔三岔五地缠着赵煦照陪他打麻将。赵煦照哪有这个闲情打麻将,因此不是推说要下地干活,就是谎称身体不适,有一次实在拗不过罗队长的纠缠,加上姚丽娜也在,只好硬着头皮过去,陪他们打了3圈。此后任凭罗队长怎么叫她,她再也没有去过,气得罗队长在背后大骂:"这老太婆也太不识抬举了,下次一定要给她点颜色看看。"

没想到,被赵煦照一直像躲瘟神一样躲着的罗队长,现在正冷笑着站在自己的面前,这使赵煦照有一丝慌乱。但她很快就镇定了下来,主动迎上前去,笑着说:"罗队长,您怎么亲自上岗啊?"

罗队长也诧异在这里碰到了赵煦照,阴阳怪气地说:"知道您四妈要来这里,迎接您啊。"

赵煦照笑着说:"那太谢谢啦!什么时候有空,再与罗队长打几圈怎么样?"

罗队长一听,感到赵煦照今天有点怪怪的。此前他多次邀请赵煦照打麻将,赵煦照不是说要去地里干活,就是说身体不适,说白了,就是不想与他罗某人为伍。没想到今天她又主动邀请他打麻将,她这葫芦里究竟卖的是什么药?这时候,他看到在赵煦照的身后,还站着一个提着一只藤箱的年轻人,此人他之前从未见到过,于是便问赵煦照:"他是谁?"

赵煦照忙把戈冰拉过来,说:"忘了介绍了,他是我外甥,姓戈,河北人。"

"外甥?以前好像没听你说起过这个人。"罗队长有点疑惑地盯着戈冰的脸,戈冰朝罗队长作了个揖,说:"请罗队长多多关照。"

赵煦照说:"啊唷,罗队长你这话说的,我家的亲戚有几十上百个,你怎么会都知道啊。再说,我表姐两岁就被人领养到河北,我也是刚刚知道有这个外甥的。"说完朝戈冰眨眨眼,戈冰会意,便说:"是啊,我也是按照母亲生前留下的地址和名字,到这里来找姨妈的。"

"那今天去哪儿?"罗队长歪着头问戈冰。

戈冰说:"还有几家老亲戚在余姚临山的农村,姨妈陪我一起去看看。"

"临山?又是临山。"罗队长冷笑着自语。

说话时,一个挎着枪站岗的大个子士兵已检查完戈冰藤箱里的物品,里面除了4条"美人"牌香烟,还有一些换洗的衣服。大个子士兵朝罗队长摇摇头,表示里面没有可疑的东西。戈冰刚要盖上藤箱盖,被罗队长喝止住了:"慢,香烟检查过了?"

大个子士兵挎着枪站在一旁说:"香烟?没有。"

罗队长顿时勃然大怒,指着大个子士兵骂道:"你他妈的是装傻还是健忘?昨天在这里就有几个共党把情报混在香烟里,被侦缉队抓住。季司令的训示你忘了?你能保证这香烟没问题?"说完,不停地朝大个子士兵眨着眼。

这大个子士兵是个老实人,因为老实,常常受到队里一些奸刁油滑的士兵捉弄和欺侮,每次到这冷僻的没有油水的孤老坟头站岗,总是少不了他。对于刚才罗队长的话,大个子士兵完全糊涂了,因为昨天他就在这里站了一天的岗,他怎么不知道侦缉队在这里抓住了几个共产党,共产党还把情报混在香烟里?再说,季司令也并没有为此训过话。他不知道罗队长说这话的意思,但也不好明着问,于是只好不停地嘟囔着:"这……这……队长……这……"

"啪!"一记响亮的耳光打在了大个子士兵的脸上,大个子士兵摇晃了一下,只听罗队长狠狠骂了句:"你就是个蠢货!"

站在旁边的赵煦照终于明白了,原来这罗队长在打"白老虎",但她不想当场戳穿罗队长的诡计,便故作惊讶地说:"哦,怎么会有这种事,这共党也太狡猾了。这样,为了不给罗队长添麻烦,戈冰,把我们的香烟拿出来,请罗队长检查。"

赵煦照这么一说,反倒令罗队长有点尴尬了,支支吾吾地说:"这……这……"戈冰这时已把藤箱盖打开,赵煦照上去,把4条香烟全数拿出来,捧到罗队长的面前,说:"罗队长,公归公,私归私,这4条香烟是要送给几位亲戚的,请检查。"

罗队长看着面前的香烟,检查也不是,不检查也不是。检查吧,万一什么也没查出来,势必会得罪面前这个女人。在大山下村里,这可是个受人尊敬的人物,加上其夫家与镇长陈承林是族亲,连姚丽娜都叫她"四妈"。万一她在陈承林和姚丽娜面前告自己在村里敲诈勒索、中饱私囊的状,虽然自己有季槐林护着,但一嘴不敌二口,这事传了开去,引起民愤,连季司令也救不了他。且按季司令的个性,部下犯事,他向来都会推得一干二净,即便部下要被砍头枪毙,他也不管。到那时,自己叫天天不应,叫地地不灵,全完了。但如果不检查这香烟,万一这香烟里面真的藏有情报,那就是严重失职,一旦被上峰查实,那也是死罪一条啊。

正犹豫间,赵煦照已把一条香烟拆开了,那10包香烟已散开在藤箱盖上,香烟壳上那同一姿态的美女正微笑着注视着他。接着第2条和第3条香烟也拆开了,只剩下最后一条了,正当赵煦照要动手再去拆时,罗队长说话了:"算了,四妈,不要再拆了。"

赵煦照说:"罗队长,香烟我已拆开了,至于共党有没有把情报混在烟丝里,只有你亲自动手检查了。"

罗队长尴尬地笑笑说:"算了,四妈,算我罗某人得罪您了,把烟收起来吧。"

戈冰在旁说："这烟都拆开了,还怎么送人啊。"

赵煦照说："拆开的就别送亲戚了,送给罗队长吸吧,把这一条未拆的带着,到了临山再买点干果茶食吧。"

罗队长一听,赵煦照非但不怪他,还把拆开的3条香烟留给他吸,心想这女人真的不简单,于是,故意冲着大个子士兵喝斥："还不快把栅栏子移开,请四妈他们上路。"

大个子士兵回了一声"是",然后立即上去,把木栅栏移开。赵煦照说："罗队长,那我们走了。"

罗队长拱拱手说："四妈走好。"

走出一段路之后,戈冰悄声表扬赵煦照,说："四妈,刚才要拆最后一条香烟时,我看你的脸上一点都不紧张,真的不简单。"

赵煦照一听便轻轻笑起来,说："怎么会不紧张?不过我了解这罗队长,他知道我们的香烟里不会有情报,只是刁难刁难我罢了,但他又不想真和我翻脸,所以拆开了3条,最后一条就不会再叫我拆了。"

两人正说着话,不料罗队长这时却在后面大叫起来："等等,等等!"

赵煦照以为是罗队长发现了什么,要重新检查那最后一条香烟,便轻轻骂了一句："这个恶棍!"

戈冰也紧张起来,说："怎么办?"

赵煦照冷笑一声说："那就让他检查,看他能查出什么?"

戈冰不解，正要说话，罗队长气喘吁吁地跑上来，手里拿着一张小纸片，交给赵煦照，说："四妈，你们去临山，要路过五车堰哨卡，那里是上虞去三北的交界处，查得很严。我一个姓汪的兄弟在这个哨卡当队长，到了那里后，你可以把这张纸条给他看，他就会放你们过去的。"

赵煦照一听，心中一块石头总算落了地，于是接过罗队长的小纸片，谢过之后，两人就继续上路了。见四下无人，戈冰问赵煦照："四妈，刚才我真的很紧张，万一这罗队长真的要检查这一条香烟，怎么办？"

赵煦照笑着说："其实我早就防着这一手了。"说完，她从内衣口袋里摸出一包香烟，说："这不，藏在这里呢。"原来，赵煦照在烟厂包装香烟时，并没有把那包藏有情报的香烟与其他香烟混在一起，而是塞进了自己的内衣口袋里。她清楚，无论村口哨卡的伪军对陌生的戈冰怎样怀疑，但在她面前，他们是不敢胡来的，更是不敢来搜她的口袋的。戈冰佩服地说："四妈真是胆大心细啊。"

两人说着话，过小越，很快就到了马家堰。马家堰现由浙东保安队第四大队车希贤部据守，因赵煦照此前常以赶市为名，去马家堰送递情报，故与哨卡的几个士兵面熟，这次花了几包香烟，就顺利过了哨卡。但到了五车堰一看，那里果然如临大敌。那个哨卡，就设在一座石桥的两侧，这桥是上虞通往三北的必经之地，故桥的两头全是伪军和侦缉队的便衣，所有过往行人，都一个个低头快行，以免被伪军和侦缉队盯上，怀疑通共，招来杀身之祸。

这一次，还真亏了罗队长的这张小纸片。就在赵煦照和戈冰过桥时，一个镶着大金牙的伪军把他们拦住了："站住！检查，去哪里？"就在这伪军要检查他们的藤箱时，赵煦照看到旁边站着一个腰里别着一支手枪的中年人，于是便提高嗓门说："我们是汪队长的朋友。"那中年人一听，便朝赵煦照走过来，说："你刚才说什么？你们是汪队长的朋友？"这时候赵煦照已猜出面前这个中年人是谁了，便从袋中摸出那张小纸片，交给他。这中年人一看，便咧开嘴巴笑起来，说："原来是罗大哥的朋友。"说着便朝那大金牙挥了一下手，"别查了，自己人。"当下汪队长便要带赵煦照和戈冰去他的队部喝一杯茶，赵煦照推说临山乡下的一位亲戚病得很重，他们要赶去见他最后一面。这样，汪队长也就不再挽留，只是提醒赵煦照和戈冰说："临山那边的共党很活跃，路上一定要小心。"

赵煦照和戈冰说了句："知道了。"就走过石拱桥，正要进入五车堰老街，忽然戈冰轻轻地碰了一下赵煦照的胳膊，说："四妈，你看对岸的旗杆上……"

随着戈冰的话看去，赵煦照看到在河对面的一根旗杆上，挂着一颗人头，旗杆下面贴着一张告示，一些人正围着告示在看。不用问，赵煦照和戈冰就知道这旗杆上的人头是谁的了。顿时，一股无法抑制的悲愤之情涌上心头，赵煦照的眼眶湿润了。戈冰的鼻尖也酸酸的,但他很快就控制住了自己的情绪,轻轻地对赵煦照说:"走吧,四妈,这个仇总有一天是要报的。"

○ 倪爱史

○ 杜婉容

○ 戈冰

○ 在安桥头"10号"担任情报员的袁啸吟、董静芝

◦ 抗战时期,杜婉容(左二)与五夫小学师生在一起。

◦ 五夫小寺桥"新屋里"卷烟分公司旧址

精心布局

○ 临山东大街33号，一家由地下党开的小烟店

○ "太邱世泽"台门内的秘密小洞

○ 宓家埭浙东区党委旧址

○ 当时来往于上海、三北的游击队运输船

巧除毒蛇

驱蛇

形势的发展之快真有点出乎人的意料。这天早上,黄慧姬正和大家在工场间卷烟,赵煦照从外面匆匆跑进来,一把拉起她就往宿舍里走,兴奋地连连说:"好消息,好消息!季槐林撤了。"黄慧姬一开始没听清楚赵煦照的话,着急地问:"四妈,什么好消息,你再说一遍,我没听清楚。"赵煦照便提高嗓门重复了一遍:"季槐林走了,回小越镇去了。"

"岗哨也撤走了?"

"撤走了,一早全走了。"

"姚丽娜呢,也走了?"

"季槐林走了,她还能不走?"

"还有那个罗队长、'老光棍'、大金牙,都走了?"

"统统都滚蛋了,一个个哭丧着脸。陈承林说,弟兄们下次再来。你听'老光棍'怎么说？下次？老子马上就要去前方打仗了，还不知道能不能回来呢。"

赵煦照绘声绘色地说着，自己先忍不住笑了起来。

啊，这个消息太重要了！这几个月来压在大山下村和烟厂姑娘们心头的一块巨石移走了，这块巨石压得大家喘不过气来，现在，大家终于可以大大地松一口气了。

然而，被这个突如其来的好消息掀起了一阵狂喜的黄慧姬很快就冷静下来，多年的斗争经历告诉她，这事可能并没有那么简单，这背后定然有原因。这原因是什么？是对她们有利，还是对她们不利？她现在还不知道。但有一点是肯定的，敌人虽然离开了大山下村，可他们并没有走远。伪镇长陈承林的家还在大山下村的八字台门里，汉奸"小钢炮"陈宗学还不时回村里来骚扰，叫嚣着要抓村里的共党。季槐林设在小越镇上太史第台门里的司令部离大山下村也近在咫尺。就是驻扎在百官的日军第22师团86联队第2大队及伪军黄加兴部队，离大山下村也不过5里之遥，他们随时可以在极短的时间内，杀奔到大山下村。故此，即便是在季槐林部撤出大山下村后，也不能有丝毫的大意和丁点的松懈。

"四妈，这几天您还是要去陈承林那边盯着点，看看有什么新动静。"黄慧姬叮嘱赵煦照。

赵煦照说："好的。姑娘们那里，你是否也该说一下，她们听了一定会很高兴的。"

黄慧姬说："我会说的，但还是要像以前一样，要不露声色，太兴奋了，容易引起别人的怀疑。我估计，上级对这件事也会密切关注的。"

赵煦照明白黄慧姬的意思，说："还是你想得周到。"

黄慧姬的猜测没有错，就在季槐林部撤回小越镇之后的第二天晚上，有一个人叩开了美人弄卷烟厂的门。

"赵书记，怎么是您?!"黄慧姬有点吃惊地看着面前站着的赵平，她有点不太相信自己的眼睛，因为赵书记以前都是以烟贩的身份，在白天来烟厂的。

"怎么，不欢迎？"赵平开玩笑说。

"欢迎，欢迎！"黄慧姬笑着连连说，"做梦也盼着您来呢。"

"不仅欢迎我，还要……"赵平说到这里，凑到黄慧姬的耳边嘀咕了几句。黄慧姬一听连忙问："人呢？"赵平转过身，轻轻地朝弄堂口拍了拍手掌，很快，在弄堂口的黑暗中快步走过来一个中年人，也不说话，一头闪进了烟厂的边门。

关上门之后，黄慧姬转过身，激动地迎向中年人，轻轻喊了声："周书记。"

周书记就是周明，他是1940年10月从诸暨转新昌调来上虞，接替傅志评同志任上虞县工委书记的。1942年8月，成立余上县县委时，他任县委副书记兼组织部部长。虽然来上虞工作已经一年多，美人弄卷烟厂成立也快一年了，但到烟厂实地指导工作，他还是第一次。一是因为敌情复杂、严

峻，作为县工委的主要领导，日伪对他的行踪特别关注，他不能随便进出某一个地方，尤其是有季槐林和伪军驻扎的大山下村；二是因为县工委分工由赵平同志负责烟厂的情报工作，按单线联系的组织纪律，他也不宜多过问烟厂的具体事宜。现在，余上县委根据日伪最近的动态，为保证几个重要情报站的安全，在三北游击司令部的支持下，分别采取了一些主动出击的行动。如对小越季槐林部采取的是"调虎离山"计，即派几个游击队员化装成送菜的菜农，潜入太史第台门，在没人注意时，将一张传单贴在季槐林的司令部门口，传单上写着：

季大队长亲鉴：

　　神圣抗战，匹夫有责。本部屡次派人与贵部联络，再三劝告，冀期合作。然大队长仍变本加厉，公开通敌，与民为仇。是则人神之所不容，天地之所共愤。今特留条警告，如仍冥顽不化，三日之内，定将攻入贵部，届时，勿谓言之不预也。

国民党第三战区三北游击司令部
民国三十一年十月

没想到这一招还真灵。那天一早，刚起床的季槐林看到小越伪军急送过来的传单后，脸色顿时变得煞白，沉吟半晌后，只说了句："走，回太史第台门。"就这样，一张小小的传单,像一把锋利的尖刀,刺中了季槐林的要害,将季槐林和一小队伪军"调出"了大山下村。

"原来是这样啊!"听了周明书记的介绍后,黄慧姬才恍然大悟,说:"这个凶神恶煞的季槐林,原来长着一颗老鼠胆!"大家一听都笑起来。赵平说:"但我们还要时刻警惕他,因为老鼠是要咬人的。"

说话时,已在宿舍里准备休息的姑娘们也都出来了。周明和赵平与大家紧紧地握了握手,周明说:"告诉大家一个好消息,戈冰同志到了根据地之后,向何克希司令和谭启龙政委汇报了我们烟厂出色的工作,两位首长表扬你们了。"大家高兴得差点跳起来,有人还忍不住鼓起了掌,黄慧姬轻轻地"嘘"了声,说:"同志们静一静,静一静。今天周书记和赵书记在这里,我们请两位领导给我们讲一讲形势,好不好?"

"好!"一阵极力压低的声音在大山下村一间紧闭着门窗的平房里低回着。此时,外面寒风呼啸,四下漆黑一片。

这是1942年10月的一天,一群胸怀抗日激情和报国之志的共产党人,因为共同的理想和信仰,聚集在这间小小的平房里。他们凝神屏息,聆听县委领导讲述全国抗日斗争的大好形势、浙东抗日斗争的崭新局面,以及今后抗日斗争的方针和策略。

夜在悄悄过去,豆油灯发出了"毕剥毕剥"好听的声音。不知不觉地,远处传来了晨鸡的啼叫声,这预示着,黎明即将到来，黑暗就要过去了。此时此刻，大家热血沸腾，激情昂扬，因营养不良而略显苍白的脸上泛起了淡淡的红晕，这是热血在脉管里涌动的象征，是激情在心中荡漾的体现。对一个革命者来说，还有什么比这更加令人感到兴奋和幸福呢？

遇蛇

八字台门陈承林家里来了一位女大学生,消息在大山下村里很快就传开了。那个时候的大学生,尤其是女大学生,凤毛麟角一样的稀奇。因此,村里的许多人,都像看"西洋镜"一样,来到八字台门的门口,希望能一睹这位女大学生的芳容,看看她究竟与常人有什么不一样。据一位见过这位女大学生的老汉说,这女大学生的确与常人不一样,有人问哪里不一样?这老汉只说了两个字:"漂亮。"

这不,这位漂亮的女大学生这一天终于走出了八字台门。只见她面容娇媚,身材修长,穿着一袭湖蓝色的软缎锦绣旗袍,外套一件鹅黄细绒短衫,脚蹬一双高跟皮鞋,一头乌亮的披肩发,紧扣着一只闪亮的发夹,一身打扮既文静得体,又显得十分高雅。

现在,这位漂亮的女大学生扭着细腰,迈着优雅的步子,在村民们的注视之下,来到了美人弄1号。

黄慧姬在见到这位女大学生之前,其实已从赵煦照的口里听说过这个人的传闻了,但她没想到这位漂亮的女大学生竟会这么快就来到烟厂。

"您好,我可以叫您大姐吗?"大学生就是与一般人不一样,大方、开朗、直爽,甫一见到黄慧姬,她就热情地伸出手,做起了自我介绍:"我姓许,是陈承林镇长的外甥女,您就叫我小许吧。"就这样,这位热情奔放的许小姐还未在阿秋搬来的凳子上坐热,就与烟厂里的姑娘们混熟了。

接下来发生的事可以用"相见恨晚"来形容,几乎在每天早饭后,这位富有同情心和正义感的许小姐就会在姑娘们上班时来到美人弄1号。因为,她对姑娘们的身世产生了兴趣:"一个姑娘家,你怎么会到这么偏僻的大山下美人弄卷烟厂来做工?"有一次她问田阿大,田阿大当然不可能对她说实话:"没办法,家里亲人都被鬼子的飞机炸死了,房屋也烧掉了,只好逃出来。只要有口饭吃,能活命,再偏僻的地方也只好去。"田阿大低沉着声音说。

于是,许小姐又问正在卷烟的黄慧姬:"大姐,看您的样子,家里好像并不穷,您也不像吃过苦的人。"黄慧姬一听,心里吃了一惊,心想:我家里的情况,她怎么会知道的?但转而一想,觉得又不太可能,于是边卷烟边反问:"许小姐怎么知道我没有吃过苦?"

许小姐说:"我看您的手,细皮嫩肉的,不像是一双干苦活的手。"

黄慧姬一听,松了一口气,笑着说:"那是爹娘给我生得好。我是从9岁就开始到烟厂做工的,后来学了点手艺,在家里开了家作坊。没想到鬼子来了,抢走了我刚卷好的香烟。我爹不肯,要去夺回来,鬼子竟一把火把作坊烧了个精光,爹娘也没逃出来,我只好一个人流落到这里,和几个无家可归的苦命人,挣口苦饭吃。"说着,也抹起了眼睛。

"这鬼子也太可恶了。"许小姐咬牙切齿地说。这时候,她听到有孩子的哭声从宿舍里传出来,正在卷烟的金雨青连忙走进宿舍,把孩子抱出来。许小姐见状,立刻上去接过了孩子,孩子竟咧开嘴笑了。

金雨青是在不久前从余姚马家堰的永济医院撤回美人弄卷烟厂的,受她护理的伤员陈杰已经伤愈出院了。而此时,她的丈夫周建民刚刚在绍兴安昌被日军杀害。为了不因暴露丈夫牺牲的消息而引起敌人的怀疑,金雨青强忍悲痛,将泪水咽入肚中,唯以一身素服,来怀念自己的爱人和战友。

对这位身着重孝的女烟工,许小姐自到烟厂的第一天起,就予以了特别的关注。她曾几次试图与金雨青说话,以探究其中的秘辛,但金雨青只顾埋头卷烟,似乎不太愿意与她说话。今天倒是个好机会。许小姐接过孩子后,一边逗着孩子玩,一边与金雨青聊天。从金雨青哽咽的不太连贯的叙述中,她大致了解了这位可怜女人的悲惨身世:丈夫病亡,公婆因悲伤过度相继离世,万般无奈下,只好挺着孕肚外出讨饭,后听说大山下村的美人弄卷烟厂正在招工,便来到这里,不久后就生下了儿子……

在金雨青悲愤交加的诉说中,许小姐也从侧面了解到烟厂其他几个姑娘的"身世":柴华英是"逃婚"出来的;周爱珍因家里交不出据点里日伪军要的军粮,其父当场被几个日伪军打成重伤,她想出来挣点钱,给父亲去治病;而王巧珍,因为家里欠着村里地主的田租,地主便要把她抢去做三姨太,她才连夜从家里逃出来……

"这些衣冠禽兽,实在太可恶了!"许小姐愤愤地骂道,"什么时候,我们中国的穷人才有出头之日啊?"

"这个许小姐,不仅有同情心,说出来的话还一套一套的。"那天许小姐离开烟厂回八字台门时,周爱珍望着她的背影说。

"人家是大学生嘛,当然有水平。"王巧珍附和说。

"你怎么知道她是大学生,你看到她的学生证了?"金雨青毕竟是个有着丰富斗争经验的老同志,考虑问题比较缜密和冷静。"现在斗争形势很复杂,可以说敌中有我,我中有敌。光说得好听没有用,还要看她究竟是一个什么样的人。我在永济医院护理陈杰同志时,就见到过这样一个人。"

巧除毒蛇

原来当时永济医院住着一个驻守在五夫的伪军车希贤部的营副，此人自称是黄埔军校的毕业生，说起救国的理论来，一套一套的，谁知这个夸夸其谈的家伙竟然是个作恶多端、民愤极大的恶棍。我地下党在了解到这个情况后，在医院几位游击队伤员的配合下，冲进了这个营副的病房，缴了他的枪，并把他押出医院，在一个无人处将他处决了。

"金大姐说得对，我们千万不能麻痹大意，放松警惕啊！"黄慧姬在一旁说，"敌人是无孔不入的，无论许小姐也好，王小姐也好，无论是同情我们的人，还是关心我们的人，我们绝不能在他们的面前暴露自己的真实身份，更不能泄露我们的工作秘密，这是纪律，铁的纪律，大家懂吗？"

"懂！"大家异口同声地说。

应该这么说，这一针预防针，打得还是及时的。

第二天早饭后，姑娘们刚在工场间坐下，许小姐又扭着腰肢过来了。像每次来时一样，她先是东看看，西瞅瞅，也不知道在找什么。然后便走进工场间，拿起门后的扫把，边扫地边与姑娘们拉起了家常，又说了几句无伤大雅的笑话。之后，话语便渐渐转到了姑娘们的苦难身世和悲惨遭遇上。于是，许小姐又开始对时局发起了牢骚，并大骂当局的腐败和日伪的残暴。

正在这时，休息的时间到了。许小姐起身把进出工场间的门关住，然后从身后拿出一包东西来。这包东西有点沉，用一张旧《申报》包着。

这时黄慧姬过来了,问许小姐:"这是什么?可是好吃的?"

许小姐神秘地笑笑,说:"比吃的还要好百倍。"说着,她解开纸包上的绳子,将报纸打开,原来是几本书,有《共产党宣言》《新青年》《论持久战》等。黄慧姬一看,心里顿时一紧,故意问:"许小姐,这是什么?"

"书啊,"许小姐兴奋地说,"现在很多年轻人都在看这些书,我是冒着风险把书带到这里的。我们穷人要翻身,要有饭吃,要有自主婚姻,就一定要看这些书。"许小姐说话时,眼睛看着王巧珍。王巧珍刚张口要说话,黄慧姬把她拦住了,说:"我们都是些苦命人,除了我认得几个字,这些姑娘大多连自己的名字也不会写,她们怎么看得懂这些书?还是拿回去吧。万一被你舅舅知道了,就有麻烦了。"

"您是说陈承林?"

"对啊,他是镇长,我们都要听他的啊。"黄慧姬故意说。

"哼,汉奸一个,听他这种人,国家早就灭亡了。"许小姐愤愤地说。

晚上睡觉的时候,田阿大悄声问睡在旁边的黄慧姬:"大姐,你说这个许小姐怪不怪,自己住在八字台门里,可又骂自己的舅舅是汉奸。既然是汉奸,你住在他家里干什么?什么意思嘛。"

"是有点怪,你也看出名堂了?"

"还有,"睡在另一侧的金雨青也插话说,"她今天怎么会拿来这么多禁书给我们看,这些书被侦缉队发现,是要坐牢的。"

"坐牢是轻的,"田阿大说,"弄不好是要杀头的。"

睡在脚后跟的柴华英支起身子说:"我有一个同学就因为在学校里看进步书籍,被学校里的CC(中统局)发现,关进去之后,就死在里面了。"

"是啊,我们一定要警惕,再警惕啊。"黄慧姬说。

这时睡在对面床上的周爱珍说:"大姐,我们能否想个办法,叫这个许小姐不要再来厂里。"

黄慧姬一听笑起来,说:"你有什么理由?又有什么把柄?从表面上来看,她都是同情我们、关心我们的。你叫她不要来厂里,就是提醒她,我们对她有怀疑了。这不也从另一个侧面说明,我们这里有问题了?"

"那怎么办呢?"平时很少说话的王巧珍这时也担忧地问。黄慧姬见王巧珍没睡着,就问她:"对了,巧珍,我正要问你,上午许小姐拿出书来时,你好像有话要对她说?"

王巧珍说:"对的,我想对许小姐说,我连名字也不会写,你这些书我怎么看得懂?我想叫她把书拿回去。"

"这就对了,"黄慧姬说,"明天许小姐再来时,大家就像平时一样对待她,不要让她察觉到我们已在提防她、怀疑她。"

许小姐应该没有觉察到这一点,因为第二天吃过早饭后,她又笑眯眯地来烟厂里玩了,仿佛她来她舅舅陈承林家里,只是借个宿而已,白天大部分时间,都在烟厂里打发。以至于有一次陈承林在赵煦照面前抱怨说:"我这个外甥女,说是来看我这个舅舅的,其实天天泡在烟厂里,连我见她一面也不易。"

赵煦照说:"她喜欢到烟厂,说明她对烟厂有兴趣。"赵煦照说得没有错,许小姐的确对烟厂有兴趣,而且对烟厂所有的事都很感兴趣。这不,这一天她竟对香烟的生产成本产生了兴趣。当然,问话是在闲聊的状态下进行的。

这一天正好有几个烟贩来进货,烟贩离开后,许小姐就问负责发货的周爱珍:"爱珍姐,你们的生意还真不错啊。"

周爱珍顺口说了句:"一般般。"

许小姐说:"怎么一般般?我看每天来进货的人还真不少,生意兴隆啊。"

"可是利很薄,兵荒马乱的,税赋又重,老百姓口袋里哪有钱?以前买香烟都是一包起卖,现在很多烟民连一包香烟也买不起,只有拆开卖,生意难做啊。"

"这倒也是,不过只要成本控制得好,赚头总还是有的。"许小姐话头一转,又问周爱珍:"听说上海那边的烟丝和烟纸比较便宜,你们原料是从哪里进来的?"

周爱珍边干活边说:"听说是从好几个地方进来的,不过具体的情况,我也不清楚。"

许小姐轻声说:"我有个亲戚在宁波,他就是做烟丝生意的,他说上海对烟丝和烟纸控制得很严,他们就通过这个……"许小姐表情神秘地伸出三个手指头,在周爱珍面前晃了下。周爱珍不解地问:"这是什么?"

许小姐把嘴巴凑到周爱珍的耳边,悄声说:"'三五'。"

"'三五'是什么?他们是做烟丝烟纸生意的?"

"不是,"许小姐转身看了看门外,悄声说,"'三五'是三北的游击队,他们经常有船只往来上海、宁波、余姚、慈溪还有上虞等地,运费很便宜,你们以后可请他们帮帮忙。"

周爱珍一听,心里的疑问越来越重了。于是说:"我们小小老百姓,怎么敢与游击队打交道啊,别说见到他们了,就是听到他们的名字,也是心惊肉跳的。"

刚说了烟丝烟纸的事,许小姐又对烟厂姑娘们的清苦生活表示起了关心和同情:"是啊,生意难做,利润又薄,自然也影响到你们的生活。我看你们吃得也太差了,怎么总是吃青菜汤饭、玉米糊、番薯粥,灶台上的半瓶菜油,十天半月也没动过。照例,你们每个月五六十元的收入总该有的,生活不至于那么清苦吧?"

周爱珍心想,这许小姐究竟是什么人,怎么连我们灶台上那瓶菜油半个月没动过也观察到了?这太可疑了。不行,这事得向大姐汇报,要提防这个许小姐了。

黄慧姬其实也听到了周爱珍与许小姐说的话。她相信周爱珍，虽然周爱珍只读过两年书，但她为人厚道，办事稳重、干练，尤其是入党以后，全身心地扑在党的工作上，按黄慧姬的说法："最难的工作交给周爱珍，我心里也放心。"故此，她相信周爱珍在许小姐面前，会说自己该说的话，做该做的事。

果然，当许小姐回去后，周爱珍就把黄慧姬拉到宿舍里，把她刚才与许小姐的谈话以及心中的疑虑告诉了黄慧姬。黄慧姬点了点头说："你的怀疑是有道理的，但在没有证据之前，我们先不要打草惊蛇。再观察一下，看看她还有什么动静。"

第二天，许小姐的新动静来了。

这一天下午，烟厂又来了几个"烟贩子"，不过他们的真实身份是去三北根据地投奔抗日游击队的青年学生，其中有上海的、杭州的、绍兴的，也有上虞的。他们先到百官，在下市头航船码头附近的李曦影家集合。然后，由已接到上级通知的黄慧姬派田阿大去百官，乘坐最后一班航船，把他们接过来，在美人弄卷烟厂宿一夜之后，再由卷烟厂派人护送他们到慈溪鸣鹤场三北游击司令部。

但在田阿大带着他们在大山下码头上岸时，尽管田阿大装作与这些来烟厂进烟的"烟贩子"不认识，并在上岸时与"烟贩子"们保持了一定的距离，在码头上卖油氽臭豆腐的陈水根还是从这些打扮各异的"烟贩子"们身上，察觉出了其中的疑点。于是,像之前每次发现疑点时都要向陈承林报告一样,这天一收摊,陈水根又匆匆来到陈承林家里。

陈承林正在吃晚饭。自从季槐林、姚丽娜和伪军小队撤回小越镇之后,陈承林已很少在村里公开露面了。他现在大部分时间都待在季槐林司令部所在的太史第台门里,听说外面加了好几道 24 小时值守的岗哨。有人说他是怕游击队要收拾他,才不敢住在八字台门里;也有人说是汉奸"小钢炮"陈宗学要抢他小越镇镇长的"宝座",他怕"小钢炮"在季槐林面前告恶状,要害他,才待在季槐林身边寸步不离的。总之众说纷纭,不一而足,但说来说去,无非恶人相争,狗咬狗而已。

陈承林今晚的兴致似乎不错,正在喝酒。在陈水根的印象中,陈承林平时很少喝酒,除了有特别高兴的事,他才会喝上一杯,平时几乎是滴酒不沾。看得出,他今晚的心情好,肯定与他的外甥女许小姐在旁有关,因为自从许小姐来八字台门后,陈承林回大山下的次数明显增多了。

"水根,有事吗?"面孔已经泛红的陈承林笑眯眯地问陈水根。

陈水根见许小姐在旁,似觉说话不便,便迟疑了一下。陈承林说:"没关系,都是自己人,但说无妨。"

陈水根说:"刚才又有四五个烟贩子,去烟厂了。"

"烟贩子?"陈承林对陈水根在他吃饭的时候来报告这类事,似乎有一些反感。烟厂来了烟贩子,这也是很正常的嘛,以前也有很多烟贩子来烟厂,陈水根也报告了其中一些可疑的人,但最后经过查证、甄别,并没发现什么问题。倒是水根每次来报告后,他都要给他一块银圆。钱对他来说虽是小意思,问题是陈水根每次来报告时,总是在他吃饭的时候。有一次他请季槐林和姚丽娜在八字台门里吃饭,正在密谈去小越田家绑肉票的事,陈水根急匆匆地跑进来,向他报告有一个可疑的小贩走进村里了。季槐林当即就派罗队副把那小贩抓过来,一审问,原来这小贩竟是百官日伪谍报机关派出跟踪一个共党嫌疑人的谍报员,他从百官跟踪这个共党嫌疑人到大山下,正准备动手抓捕时,半途杀出个罗队副。待他被抓到八字台门,说明情况并出示证件后再赶去抓那个共党嫌疑人时,那嫌疑人早从孤老坟头出村了。气得季槐林大骂陈水根误事!但这事也不能全怪陈水根,毕竟他也是想为皇军和政府效劳的。

这件事之后,陈承林曾提醒陈水根,如果不是特别重要的事,可以不在晚饭的时候来报告。这使陈水根犯难了,什么是重要的事?什么又是不重要的事?有些看似不重要的事,说不定正是重要的事。于是,他还是我行我素,只要一发现他认为可疑的人和事,照样在收摊之后向陈承林来报告。

不过在刚才,尽管陈承林对陈水根报告的事很有些不以为然,甚至有一些失望,但因为许小姐在旁,他也不想使陈水根太难堪,于是说:"水根,烟贩子的事你已报告多次了,结果查下来,没有一次与共党有关,以后……"

"等等,舅舅。"不料陈承林刚要对陈水根下逐客令,坐在一旁的许小姐打断了他的话,说:"舅舅,还是请水根叔把话说完。水根叔,你说吧。"

陈水根说:"我觉得这几个烟贩子与其他烟贩子不一样。"

"怎么不一样?"陈承林呷了一口老酒说。

"一般的烟贩子因为每天都在外面跑,风里来雨里去,都是黑不溜秋的。可这些烟贩子不一样,都是白白嫩嫩、斯斯文文的,有两个还戴着眼镜。"

"嗯?"陈承林听到这里,似乎听出点蹊跷来了。他把目光投向桌对面的许小姐,许小姐点了点头,说:"水根叔分析得有道理。再说,哪有晚上来的烟贩子,这里面确实有疑点。"

陈水根说:"要不,我等下过去看一看,如果在的话……"

"在的话怎么样?你把他们抓起来?"陈承林又想起前几次扑空的事,心里还是有点不踏实。

"那……"

"还是我去吧。"许小姐说。

许小姐敲开美人弄 1 号边门的时候,卷烟厂里面的灯还亮着,有几个姑娘还在工场间开夜工,金雨青、田阿大、周爱珍几个人在手把手教几个陌生的年轻人卷烟。

黄慧姬见许小姐这么晚还来烟厂串门,不觉吃了一惊,问:"这么晚了,许小姐还不睡,有事?"

许小姐瞥了黄慧姬一眼,边走进工场间边说:"没事,这么早睡不着,过来串串门。"说话间,她已径直走进工场间,只听到田阿大在训斥一个年轻人:"你这人也太笨了,还想学卷烟,连这点也学不会,来,再卷几支给我看看。"

这时,其他几个年轻人也跟着"师父"在学卷烟。黄慧姬对许小姐说:"下午来了几个想学卷烟的,回去也想开烟厂。瞧,这位王先生,是从杭州过来的,这位张先生是绍兴人,还有他,李先生,上虞章镇人……"

"现在生意难做啊。"许小姐故作同情地说,一双眼睛在几个年轻人的脸上扫视着,最后,目光盯着杭州来的王先生,说:"王先生大老远从杭州到这里学卷烟,真不容易啊,杭州没有学卷烟的地方吗?"

"有啊,"杭州的王先生说,"学徒费太贵了,交不起啊。"

"这倒也是。"许小姐在工场间坐了一会,见大家都在埋头卷烟,并不想搭理她,她自觉没趣,就打了个哈欠,说了句:"走了,睡觉去。"就扭着腰肢走出了门。

黄慧姬送她出去时,在背后说:"许小姐,明天早点来啊。"许小姐听到了,但是没吭声,唯有她脚下那双高跟鞋,在寒夜中发出令人悚然的响声。

惊蛇

许小姐没有来。

这是她来舅舅陈承林家里度寒假以来,第一次毫无征兆地没有出现在美人弄卷烟厂的门口。有个常去陈承林家打扫卫生的婆婆说:许小姐病了。

"我觉得很反常,"在烟厂工场间的外面,赵煦照把黄慧姬叫出来,告诉了她一个惊人的消息,"我向村里几个老人打听了,陈承林根本没有姐姐和妹妹,这许小姐压根不是他的外甥女!"

黄慧姬说:"现在看来,昨天我们的办法是对的。"

原来昨天傍晚田阿大从百官接来这5个准备去根据地的青年人之后,发现在码头上摆臭豆腐摊的陈水根一直在盯着这几个青年人。回到美人弄1号,见赵煦照也在,田阿大把情况一说,赵煦照说:"糟了,这陈水根是陈承林的耳目,今天陈承林正好在家里,他一定会去向他报告的,我得去他家门口看看。"

果然,当赵煦照快到八字台门时,只见戴着一顶罗宋帽的陈水根已经钻进八字台门了。赵煦照本来也想跟进去,但回头一想,觉得不妥当,因为陈承林曾从侧面提醒过赵煦照,不要与烟厂的那帮人走得太近了。如果她现在走进去,万一陈承林和许小姐后面发现烟厂已经采取预防措施,那就证明自己与她们是一伙的了,这样反而会给以后的工作带来不利影响。

这么一想,她就折回身,快步来到美人弄1号,把陈水根去八字台门的事与黄慧姬一说,黄慧姬感到事态有点严重,说:"看来我们到烟厂的5位同志,已经引起他们的怀疑了。"

"是啊,现在叫同志们转移反而不好,但我们得事先做好准备,万一陈承林晚上派侦缉队来查询,就麻烦了。"赵煦照说。

"要不这样,"黄慧姬说,"就说这5个人是来学习卷烟的,晚上就开始学,这样陈承林万一派侦缉队来查询,也可应付一下。"

"也只能这样了。"赵煦照对黄慧姬说,"快叫姑娘们到工场间教5位同志学卷烟,要真的学,不能装样子。"

就当姑娘们在工场间手把手地教"徒弟"学卷烟的时候,许小姐来了。这使得黄慧姬和赵煦照松了一口气,至少,比起如狼似虎的侦缉队来,许小姐还是容易对付一些的。

但第二天上班后,当许小姐的身影再未出现在美人弄1号的门口时,黄慧姬和赵煦照感到问题严重了,必须要做好最坏的打算了。

经与赵煦照商量,黄慧姬做出了以下决定:一是叫田阿大迅速带5位同志离开大山下去根据地,离开时,大家各挎一篮子,篮中各装两条香烟,然后大大方方从梨山桥出村,名义上是去乡下试卖香烟,熟悉行情。同时,由黄慧姬与周爱珍以听说许小姐身体欠安特来探望为由,去八字台门探听虚实。她们俩从村中的小杂货店买了两包豆酥糖,刚刚走到八字台门的一个拐角处,黄慧姬拉了一下周爱珍的手,轻声说:"慢点。"原来,黄慧姬看到有一个头戴筒盆帽的中年人,正在轻轻敲八字台门的大木门。大木门很快就打开了,中年人快速闪入台门里,随即就从里面探出一个脑袋来,朝四周张望了一下。周爱珍一看,刚要说:"这不是许小姐吗?"嘴巴还未张开,就被黄慧姬的手紧紧捂住了。

待八字台门的那扇大木门紧紧关上后,黄慧姬悄声对周爱珍说:"快去把四妈叫过来。"

赵煦照很快就过来了。3个人来到一处不易被人发觉又能观察到八字台门的破园子围墙后。黄慧姬说:"四妈,许小姐没生病,刚才有个男的进去了,鬼鬼祟祟的,会不会是镇上侦缉队的人?"

赵煦照说:"我去镇上找过陈承林几次,他白天基本上就与侦缉队的人在一起,侦缉队的十几个人,我大多都认识。"

"如果真是侦缉队的人,那这个许小姐看来真有问题了。"周爱珍担忧地说。

"事情已经明摆着,这许小姐的背后肯定有来头。"赵煦照说。

正说话时,八字台门的大门打开了。一直盯着台门木门的黄慧姬碰了一下赵煦照的手,轻声说:"出来了。"

八字台门的两扇漆黑大门这时已打开了一扇,但先出来的却并不是那个戴筒盆帽的中年人,而是打扮入时的许小姐。只见许小姐站在大门外,朝四处张望了一下,正要转身叫那中年人出来,发现有个扛着锄头的村民从八字台门前走过,许小姐客气地朝这位村民点点头,待村民走远后,她才朝台门里面招了一下手。很快,从台门里走出那个头戴筒盆帽的中年人。那人出门以后,头也不抬,就径直朝梨山桥方向走去。

"没错,就是他。"躲在围墙后面的赵煦照说。

"谁?"

"绰号'老歪',侦缉队队长,此人的脚受过伤,走路时身子有点歪,我认得他。"赵煦照这么一说,黄慧姬感到事态十分严重了,她对赵煦照说:"四妈,我们回去,马上研究一下。"

回到美人弄1号,黄慧姬把金雨青、周爱珍、柴华英、王巧珍等几个党员骨干叫到宿舍里,把刚才看到侦缉队队长与许小姐碰头的事说了一下,神情严肃地说:"同志们,现在可以肯定地说,这个许小姐有问题。但她究竟是什么身份,我们还不清楚。大家讨论一下,怎么办?"

柴华英说:"她又没有抓住我们的把柄,以前侦缉队也来搞过几次突击搜查,不是也没搜出什么东西。不用理睬她。"

赵煦照说:"这次与前几次不一样,这次许小姐冒充陈承林的外甥女来大山下,并不是来这里度寒假的,而是冲着我们烟厂来的。这至少说明,我们烟厂已被他们盯上了,只是还没有被他们抓住把柄。一有把柄,他们就会立即对我们下手。"

"那怎么办?烟厂关门?"王巧珍说。

"不能关门,"周爱珍说,"关门了,我们的任务还怎么完成?"

"爱珍说得对,"黄慧姬说,"烟厂不能关门。敌人为何没对我们下手?说明他们还没有抓住我们的把柄。我想,我们应该在敌人动手之前,采取主动出击的办法,把许小姐'请'出大山下。"见大家疑惑不解,黄慧姬说:"我有一个办法,你们看行不行?"说着,便放低声音,与大家嘀咕了一会儿。

柴华英一听,笑着说:"这办法好,可谓一箭双雕。"

赵煦照则有些顾虑,说:"这办法是好,但是也有漏洞。"

"什么漏洞?"黄慧姬问。

赵煦照说:"镇长的外甥女被游击队弄到根据地,而我们却安然无事,敌人难道不会怀疑是我们在暗通'三五'?这样我们烟厂还能开下去吗?"

"四妈说得对,我们既要摸清许小姐的真实面目,打击敌人,同时又要隐蔽自己,使烟厂不受损失。当务之急,是要想出一个两全其美的办法来。"黄慧姬说。

坐在旁边一直听着大家说话的金雨青这时开口了,说:"我有一个办法,不知行不行?"

黄慧姬急切地说:"金大姐快说。"

金雨青说:"我想只有用'苦肉计',敌人才不会怀疑到我们头上。"

"苦肉计?"

"对,"金雨青说,"在我们的游击队把许小姐抓去的同时,把我也'抓'去,这样说明三五支队对我们也是怀疑的。"

"这办法好是好,就是你要受委屈了。"赵煦照说。

"这没什么,"金雨青说,"为了使这件事看起来更加真实,我准备把我儿子也带去。"

黄慧姬说:"这怎么行,天寒地冻的,孩子还不到一周岁,他怎么吃得了这样的苦?"

赵煦照、柴华英、王巧珍等人也反对这样做,赵煦照说:"孩子留在我身边,我会照顾好他的。"

周爱珍着急地说:"大家不要再争了,赶快决定吧,否则敌人先动手了,就来不及了。"

是啊,时间非常紧迫了,敌人是不会给烟厂这边喘息的机会的,说不定,他们已经开始谋划行动了。

这时候,黄慧姬站起来对金雨青说:"大姐,这里你照顾一下,我与四妈出去一下。万一我们离开后,敌人对烟厂采取行动了,你就按我们原来制定的方案,叫同志们从后门的小道上撤到山上去。能撤出去一个是一个。"说完,她走进灶间,从灰仓间的一个墙洞里摸出一支由布包着的小左轮手枪,交给周爱珍,说:"这是郭大姐离开时留下的。爱珍,你在游击队打过枪,这把枪交给你,里面有3颗子弹,万一遇到紧急情况,可以为同志们的撤退争取一点时间。"说完挽起一只竹篮,放了两条香烟,准备出门。赵煦照说:"我们不要走梨山桥,出后门从孤老坟头出去,沿山脚有一条近路。"

这时已近中午,大山下村还是像往日一样平静。村民们有的在田间劳作,有的在家门口砍柴或在村里那口凤凰井边担水。村前面的百谢河上,从百官开往谢家塘、崧厦的"癞子快船"还像往常一样,准时停靠在村边的船埠上。让谁也没想到的是,就在这平静的表面下,一场风暴正在酝酿,并将在这天晚上爆发。

抄近路去五车堰永兴小学向上级党组织报告烟厂情况的黄慧姬,在下午3点前就踏上了返回的路程。因为大山下离五车堰永兴小学并不远,黄慧姬和赵煦照走了一个多小时就到了。赵平和当时的政治交通员王行之完全同意黄慧姬汇报的方案。赵平告诉黄慧姬，三五支队有一个中队为粉碎敌人的"清乡"，这几天正在小越一带活动。今天中午还在闸头村打了一次小胜仗，除一个叫"小钢炮"的汉奸跳河逃脱外，季槐林部侦缉队的人几乎全军覆没。她会马上与部队取得联系，请他们派人在晚上去大山下帮助实施这一计划。她唯一要求黄慧姬做的，就是在游击队员到大山下实施行动时，烟厂的同志们，尤其是金雨青同志一定要假戏真做，千万不能露出破绽。黄慧姬保证说："请赵书记放心，我们保证完成任务。"

就这样，黄慧姬和赵煦照在汇报结束后，很快就离开了永兴小学。在出门前，赵平像以往一样买了黄慧姬篮里的两包香烟。黄慧姬笑着说："还是赵书记想得周到。"赵平说："这次买烟不完全是为你打掩护，等会儿去第3中队，总得慰劳慰劳那些抽烟的同志们吧。"

黄慧姬和赵煦照回到大山下村后面的孤老坟头时，赵煦照说："慧姬，你等一下，我先去村里看看。"赵煦照进村后，很快就回来了，说："慧姬，没事。"

黄慧姬笑着说："四妈考虑得真周到啊。"

两人回到烟厂后，夜幕很快就降临了。

吃过晚饭，黄慧姬召集大家开了一个会，把上级的指示和晚上要实施的计划告诉了大家。大家的心里既紧张，又兴奋。周爱珍把那把左轮小手枪还给黄慧姬,说:"大姐,物归原主。真巴不得干他一场。"

黄慧姬说:"听说你枪打得很准,你拿着,说不定晚上还有用。"

八字台门里倒是没动静,但没动静并不意味着没有事。就在黄慧姬召集烟厂的同志们在工场间开会时,八字台门里,一天没有出门的许小姐正在客厅里枯坐着。客厅里点着两盏煤油灯,光线虽然有点暗,但在当时来说,这已是十分奢侈了。在整个大山下村里,点得起煤油灯的人家并不多,她曾去过村里的富商陈宫来家里,也只点一盏豆油灯。听说他的几个子女都与共党有瓜葛,也许家里的钱都捐给他们了。

上午就离开大山下的侦缉队队长"老歪"一直没消息,这使许小姐感到十分纳闷。从种种迹象看,这卷烟厂肯定有问题,虽然还没有确凿的证据,但无论从来往的人员,员工的举止、谈吐,以及办厂资金的来源和利润的去向等,都疑点重重。尤其是这些女工的身世,个个都是"惨不忍闻",而她们在烟厂生意十分兴隆的情况下又过着如此清苦的生活,且毫无怨言。这种精神状态,除了共党,非常人能够做到。

当然,更大的疑点还在于,根据最近发生在余上交界处几次共党游击队伏击下乡"扫荡"的日军的战例来分析,游击队定是在掌握了准确的情报后才采取行动的。否则,不可能会给日军造成如此重大的损失。由此可以推断,在上虞的百官、五夫、小越一带，一定有共党的一个地下组织在搜集日军的情报，并把情报及时传送给游击队。而据日军谍报部门侦查分析，这个能够准确搜集并及时传递情报的共党地下情报站，最有可能在小越一带。而美人弄卷烟厂就是他们锁定的目标之一。

正因如此，日军在余姚的谍报机关才指令她以陈承林外甥女的身份及大学生放寒假的理由，来到小越大山下村，对美人弄卷烟厂进行密查。从一段时间的观察及对卷烟厂种种迹象的分析看，今天该是对这家疑点重重的卷烟厂进行突袭并抓捕可疑分子的时候了。

但许小姐永远也等不到侦缉队队长"老歪"的到来了。此刻，这"老歪"正躺在季槐林部太史第台门里冰冷的石板上，浑身血污，嘴眼歪斜。他中了3枪，死得很惨，与他同时被打死的还有5个侦缉队队员，他们在余上交界处的闸头村抢粮时被在这一带活动的游击队包围。带领他们抢粮的汉奸"小钢炮"陈宗学在侦缉队还击时，趁乱跳入冰河，逃过一劫。当他像落汤鸡一样逃回太史第台门时，季槐林和陈承林正要带着队伍去接应侦缉队。"小钢炮"颤抖着牙齿，连连摆手说："不要去，不要去，三五支队的大部队过来了。"

"老歪"没有来，连陈承林也没有一丁点消息。前些天听他说最近常有一些可疑的人在小越一带活动，有两个村的伪保长无缘无故地突然消失了，直至多天后，才被发现一个死在一座凉亭里,一个死在离家不远的河滩头,两个人的身上各放着一张纸,上写:汉奸的下场。这样,陈承林和他老婆就更不敢回大山下的八字台门里来住了。

偌大的八字台门里,现在只剩下了许小姐一个人,虽然大门紧闭着,但影影绰绰的。她的卧室在二楼最里面的一间,去卧室时先要转过厨房、客厅,然后再经过书房、陈承林夫妇的起居室、储藏室等。楼上回廊环绕,边上还有一扇暗门和一条暗梯。陈承林曾告诉她,万一遇到紧急情况时,可打开暗门,循着暗梯直通后门,遁出村外后,向小越求援。

现在,许小姐就待在阴森冷清的客厅里。她一会儿坐下,一会儿又起身细听外面是否有"老歪"的敲门声,可外面除了呜咽如泣的风声,没有任何其他声音。突然,客厅正中的自鸣钟"当、当、当"地敲了起来,把她吓了一跳。自鸣钟响了10下,她看了看指针,打了一个哈欠,缓缓站起身来。凭她多年的经验,她预感到,这个绰号"老歪"的侦缉队队长可能出事了。

此时从祈福山上扑下来的寒风更加猛烈了,像无孔不入的幽灵一般钻入八字台门的客厅,将客厅中的灯火吹得忽明忽暗。许小姐打了一个寒噤,她上前取下一盏煤油灯,另一盏则依然让它燃着,然后她沿着螺旋形的楼梯登上二楼,伴随着脚下那双高跟鞋鞋跟的敲击声,走向自己的卧室。

斩蛇

当许小姐的眼睛被一束手电筒的强光射到的时候,她以为自己在做梦,但她很快就发现,这不是在做梦,这是真实的。

这是一间不大的卧室,呈长方形,除了一张宁式红木雕花大床,就只有几件简单的家具。但室内的布置很雅致,窗前低垂着蓝色的帷幔,墙壁上挂着紫铜色油灯座,床头一侧的墙边是两把椅背上嵌着象牙的太师椅,中间一只茶几上,是一盆绿意盎然的九头兰。当然,最醒目的是卧室一侧的三门储衣橱,这橱门打开着,中间一块隔板上,放着一只大皮箱。皮箱的盖子已揭开,箱子内有一只铅灰色的长方形金属体,金属体周波表的圆盘上,闪烁着蓝色的幽灵似的光。此刻,戴着耳机的许小姐正坐在凳子上,全神贯注地旋转着电钮,然后,抬起左手,开始轻轻地敲击键盘。

就在这时候,有几个人悄悄地打开了她的房门。

或许是本能驱使许小姐闻到身后传来的异样气息,或许是多年的间谍生涯使她养成对危险信息的敏锐,总之,当她确定身后已有陌生人站着时,她下意识地哆嗦了一下,然后,那只正在敲击电键的手,飞速地脱离电键,去抓皮箱一侧的勃朗宁手枪。但是她迟了,有一束手电筒的强光射来,照着她的眼睛,随即又一只有力的大手卡住了她的手,一阵钻心般的疼痛顿时传遍了她的全身。

卡住她手的那个人从皮箱一侧拿起那把已经上膛的勃朗宁手枪。手枪很精巧,在手电筒光的照射下,发出莹莹的光。

"好枪。"

"你们凭什么抓我?"已站起来的许小姐扭了下身子。

"凭什么抓你?到时候你就知道了。"借着手电筒射出的光,许小姐看见说话的是一个长着络腮胡子的中年人,他的旁边还站着两个人。这3人衣着粗陋,除了络腮胡子戴着一顶罗宋帽,其他的人都头发很长,脸庞乌黑而精瘦。

"你们如果要钱,我可以给你们。"许小姐又扭了下身子,说。

络腮胡子一听,笑了起来,说:"我们不是土匪,我们不要你的钱,只要你跟我们走一趟。"

"你们究竟是谁?"

络腮胡子与旁边的两个人对视了一下,正色道:"我们是专门抓汉奸的人。"

许小姐一听,脸色顿时变得煞白,提高嗓门说:"我又不是汉奸,你们怎么能随便抓人,你……"还要再说下去,旁边一人早把一团破布塞进了她的嘴巴里,然后喝了声:"走。"

这时已到凌晨了,在呼啸的寒风中,沉睡中的大山下村已看不到一个夜行人。连平时听觉嗅觉灵敏的狗,这时也赖在狗窝里,对外面发生的一切,都不闻不问了。

一行人押着许小姐,提着发报机走出八字台门后,径直往美人弄1号走去。在快到美人弄1号门口时,正在望风的周爱珍转身轻轻喊了声:"来了,来了。"话音刚落,只听到从里面传来一阵"乒乒乓乓"翻动家具的声音。随即便听到有人在大声地说话:"这里也要搜,还有那里……"

这时候,见络腮胡子把许小姐押到了,那说话的人便跑上前去,向他敬了一个礼,说:"报告队长,我们正在搜查。"络腮胡子还礼后说:"继续搜查,一个疑点也不能放过。"

姑娘们这时都吓得"瑟瑟发抖",大家挤在一起,哭哭啼啼。见许小姐来了,黄慧姬带着哭腔迎上去说:"许小姐,你可得给我们做证,这位老总说我们与陈镇长关系密切,有汉奸嫌疑。这真是天大的冤枉啊。"

许小姐这时两手被反绑着,嘴里塞着一团破布,想说话也说不出来,只是一个劲地点头、摇头,嘴里"呜呜啊啊"的,也不知道她在说什么。

这时,手里抱着孩子的金雨青出来"抱不平",说:"是不是汉奸也不是你们说了算,我们与陈镇长关系是好了点,那又怎么样?"

络腮胡子一听,顿时"勃然大怒",说:"你说什么?凭你这句话,我就认定你是'汉奸'!"

"那你们把我也抓起来好了。"金雨青也不示弱。

"你以为我不敢吗?"络腮胡子大喝一声:"小王,小李,把这人也给我抓起来。"

"你们……"金雨青还要分辩,很快上来两个战士,抓住了金雨青的臂膀。金雨青悄悄地在儿子的屁股上用力一拧,半睡着的儿子顿时大哭起来。这时的美人弄1号内,大人叫,小孩哭,简直乱得一团糟。黄慧姬假装着扑上去要"救人",被两个战士用手枪挡住了,喝道:"别过来,到时连你也一起抓了去。"

金雨青说:"大姐别怕,我身正不怕影子歪。"

这时田阿大从宿舍里拿来了一块围巾,递给金雨青,说:"大姐,给宝宝围上,不要冻着了。"说话时,她发现那个络腮胡子正在看她。咦,这人怎么这么面熟啊……啊,想起来了,在临山镇的茶馆里,那个被日军和伪军侦缉队追捕,从窗口跳河的同志就是他。这么说,他还活着,他……一股难以言状的激动从田阿大的心中冒出。她真高兴啊,太高兴了。尽管她只见过他一面,她也不知道他的姓名,在哪一支部队,但是,他是自己的同志、亲密的战友。如果不是在这个特定的场合,她真想上去与他紧紧地握手啊。

络腮胡子也认出田阿大来了,但是他没时间也不可能在这种场合下与她打招呼,只是颇含深意地朝田阿大眨眨眼,然后一语双关地喝了声:"走,你们都给我听着,总有一天我们还会再见面的。"说完,就打开后门,押着许小姐和金雨青母子俩,消失在浓浓的夜色中。

紧急任务

夜归

1942年11月,某日,乌云密布的天空上,飘起了几片雪花。

这天晚上,美人弄卷烟厂像往常一样,已早早关门。乡村有俚语:三个女人顶台戏。意思是说,女人多的地方一定很热闹。但美人弄卷烟厂的姑娘们因为金雨青去根据地没回来,这几天连笑声也没有了。虽然在那里有同志们照顾着,可天气这么冷,孩子又这么小,也不知道母子俩是否吃得消。每天一下班,姑娘们就会早早来到宿舍里,情绪低沉地聊起这件事。

"金大姐怎么还不回来啊,都急死人了。"在烟厂的姐妹中,王巧珍年龄最小,平时金雨青对她的关照也最多,因此,几天不见金雨青,她心里想得很。

"急什么，大姐到了根据地，还不多得看看？说不定首长还会给她做好吃的，回来时养得白白胖胖的，馋死你。"柴华英比王巧珍大一岁，总是拿王巧珍开玩笑。

许小姐、金雨青被"三五支队"的人"抓走"后，黄慧姬、赵煦照与陈滋萱曾去见过闻讯赶到八字台门的陈承林，"恳请"他无论如何要为这两个人保释，说许小姐为人热情、知书识礼，金雨青更是一个忠厚本分的农村妇女，两个人绝不可能是汉奸。据说，陈承林回去之后，也的确曾找过一个在小越乡下隐居的县参议员，参议员答应去试试。但陈承林的本意是要先保出许小姐，最好两个人一起保出。不料参议员去了之后，回来传话给陈承林："那边说了，是不是汉奸还要甄别，不是汉奸的话马上放回，有汉奸嫌疑的还要调查。"陈承林无奈，只好请参议员继续打听，同时，把参议员的话回复给赵煦照。听到这句话，黄慧姬就知道金大姐应该马上就要回来了。没想到三四天过去了，金雨青还是没回来，所以大家才有点着急。

这时在一旁的黄慧姬笑着说："你们别欺侮巧珍好不好，其实我心里也很想金大姐，昨晚做梦还见到了她。"

一屋子的人，这时都在宿舍里，准备洗洗上床睡觉。正在这时，耳尖的王巧珍说："你们别说话，外面好像有人在敲门，肯定是金大姐回来了！"

田阿大说："你是想金大姐想疯了吧？"

周爱珍说:"没错,是有人敲门。"

黄慧姬也听到了,于是赶紧穿上鞋,跑到门口,问:"谁?"门外答:"是我,金雨青。"

啊,金雨青回来了!一屋子的人都从宿舍里涌出来。黄慧姬立刻把门打开,只见金雨青提着一只小布袋,笑眯眯地站在门口,一张脸被寒风吹得通红通红的。

"孩子呢?"黄慧姬问。

金雨青笑着朝身后看了看,说:"你看谁来了。"话音未落,只见从黑暗中走出一个抱着孩子的人,黄慧姬定睛一看,差点叫了出来,原来是赵平书记来了。

"快把赵煦照同志叫来。"把怀里熟睡的孩子交给金雨青之后,赵平边进屋边对黄慧姬说,"能否给我们弄点吃的,半天没吃东西了。"

原来赵平与金雨青都是从三北根据地来的。金雨青那晚被络腮胡子他们"押"到靠近杭州湾的一个村庄里。村庄里住着很多游击队战士,他们到达时,天已大亮了,她看到游击队战士在出操。抵达村庄后,她就与许小姐分开了。她被安排住在一所野战医院的旁边,有一位姓王的女护士照顾她和孩子。下午,络腮胡子陪着一位姓张的首长来看她,一见面,首长就握着金雨青的手,操着浓浓的江西口音说:"谢谢你们啊!你们的情况我都知道,不简单啊!你这次受苦了。孩子怎么样?"

"孩子很好的。"金雨青虽说是个参加革命多年的老同志，但这么大的首长，她还是第一次见到，心里难免有一点紧张。

首长说："你在这里多住几天，到村子里去看一看。同时，也检查一下身体，包括孩子。小王，这事你安排好。"

"是。"

"首长，我身体很好的，不用检查了。"金雨青难为情地说。

"要检查，身体是革命的本钱嘛！"首长笑着说，"这是列宁同志说的。既然来了，就休息休息。"话毕，他转头叮嘱络腮胡子："告诉伙房，给她们母子俩单独开伙，要搞得好一点。"

"是。"

这时，首长站起身来，神情严肃地对金雨青说："马上就要打大仗了，回去后，向卷烟厂的同志们问好。你们马上又要接受新的任务了。"

金雨青激动地说："首长，我们一定完成上级交给的任务。"本来，金雨青还想问首长，那个许小姐怎么样了，但想到"不该问的坚决不问"的组织纪律，她也就把话咽下去了。

出门的时候，首长突然想起一件事来，说："对了，过两天，有一位你认识的同志要来这里开会，开完会，你就与她一起回去吧。"说着，就甩开大步，向着杀声震天的训练场走去。

令金雨青万万想不到的是，这个她"认识的同志"竟是来根据地接受任务的赵平书记。

那天会议一结束，赵平就来野战医院的宿舍找金雨青。

一见面,她就高兴地抱起孩子说:"瞧,根据地就是好,原来面黄肌瘦的母子俩,现在变得红白丹春了。"

金雨青笑笑说:"主要是心情好。"

赵平说:"是啊,看到这里热火朝天、杀声震天的,真痛快!"

金雨青说:"我真想留下来,和同志们一起去面对面地打鬼子。"

赵平感慨地说:"是啊,我也这么想,可是不行啊!大姐,与敌人面对面战斗当然很痛快,但是如何才能保证战斗胜利呢?这就需要我们为上级提供准确的情报。你可能不知道,今年有好几次战斗,就是因为你们卷烟厂及时传送的情报,才打了胜仗。刚才在会上,首长还表扬你们呢。"

"真的啊,"金雨青一听高兴地笑起来,说,"大家听到这个消息后,不知道会有多高兴!"

"还有一件值得高兴的事,"赵平说,"那个许小姐的来路已经搞清了。"

"她究竟是什么人?"金雨青问。

"什么人?特务。"

"啊!"

"走,"赵平抱起孩子说,"路上说。"

从晌午出发,走了50多里路,两个人抱着孩子,沿着人迹罕至的杭州湾海岸线一路疾行。途中在一条海塘上碰到了几个检查私盐的盐警,因没查到贩私盐的人,无聊至极的盐警便要检查两人包里的物品。赵平身上带着一本笔记本，此时要隐藏已来不及。金雨青见状，便使劲拧了一下孩子的屁股，熟睡中的孩子一个哆嗦，顿时爆发出声嘶力竭的哭声。这时，金雨青从包里拿出几包香烟，分给盐警一人一包后，金雨青带着哭腔说："老总，行行好，孩子得了急病，要去看郎中救命，求求你们了，放我们走吧！"一个老年盐警见孩子哭得厉害，便动了恻隐之心，挥了挥手说："走吧，走吧。"两人这才脱身。等走到无人处，赵平问金雨青，怎么包里会有几包香烟。金雨青说："这是四妈叫我带着的，说现在兵荒马乱的，万一路上碰到有人刁难，带上几包香烟兴许可以应付。"

赵平说："还是四妈有先见之明。"

两个人紧赶慢赶，到大山下村时，天已黑了。因有紧急任务要传达，赵平就不回永兴小学了，而是与金雨青一起，直接来到大山下村。一跨进烟厂的门，赵平才感到自己已是口干舌燥、饥肠辘辘。

亏得有个手脚利索的周爱珍，待黄慧姬将赵平引进工场间坐下，一碗水才喝下去一半，周爱珍烧的菜糊糊就端上来了。赵平吸了吸鼻子说："真香，先给孩子吃吧。"

金雨青说："他已经睡着了。"

赵平说："今天要不是这孩子哭得厉害，我们就麻烦了。"
黄慧姬看着金雨青说："我看孩子的屁股上青一块、紫一块的，又拧他的屁股了？"

金雨青没说话,但眼眶已经红起来。

田阿大叹了口气说:"这孩子也真可怜,他连话也不会说,前几天刚拧了他的屁股,乌青还没褪,这次又被拧了。再这样下去,他的屁股都要被拧烂了。"

"他爹是老革命,他就是个小革命。"王巧珍含着眼泪说。

赵平边喝着菜糊糊边点头说:"是啊,他们是革命的一家。"

这时赵煦照也来了。赵平对黄慧姬说:"把大家都叫过来,我们开一个会吧。"

黄慧姬说:"四妈,把阿秋也叫来吧。"

赵煦照说:"她来了,我叫她去村口看着点。"

"好。"

会议的气氛严肃、紧张,这从赵平的脸上可以看出来。要是在以前,赵平总会在开会前讲几句笑话,放松一下大家长期紧绷的神经,但是今天没有了,她直截了当地说:"马上就要打仗了,打大仗了,同志们。"

见大家屏住呼吸、瞪着眼睛都在看着她,她接着说:"上个月以来,日军为了消灭我军于立足未稳之际,对我三北根据地发动了大规模的'扫荡',妄图一口吃掉我们。我根据地军民在区党委和三北游击司令部的指挥下,对敌人进行了奋勇还击,敌人遭到了自进犯浙东以来最惨重的一次失败。尤其是慈溪阳觉殿一战,我军毙伤日伪军近百人。但日军是不甘心失败的,在'扫荡'失利后,敌人又调整了部署,不仅在原先已撤离的庵东、观海卫、周巷3个地方重新设立了据点，又通过各种手段，诱使镇海的姚华康，余姚的萧子健，上虞的滕祥云、季槐林等杂牌部队一起反共，并陆续在东起澥浦、邱王、汶溪、二六市、三七市、丈亭，西至浒山、马渚、曹娥、百官、五夫、崧厦、小越等地建立了据点，加修了碉堡等工事，还派出了很多密探和特务。形势很严峻啊，同志们。"

说到这里，赵平喝了一口水，又接着说："前不久来大山下村的那个许小姐，就是日军谍报机构梅机关派来的。"见大家惊讶地张大了嘴巴，赵平继续说："此人名叫许艳，是梅机关特高二科的谍报员，毕业于汪伪杭州政治保卫学校，由大特务毕高奎亲授其侦察行动术，是他的得意门生。她原供职于伪10师情报科和浙东保安处调查组，因在破坏我地下党组织中有功，被二科铃木科长看中，并多次委以重任。此人阴险狡猾，是条恶毒的美女蛇。我浙东地下党有多位同志的牺牲，都与她有关，没成想这次竟栽在我们手里。据她交代，她此行的目的只有一个，那就是要彻底摸清虞北一带我地下党组织的情报站位置，而你们的卷烟厂，是她盯住的第一个目标。"

听赵平这么一说，大家不由得倒吸了一口凉气。田阿大说："好恶毒的美女蛇啊，我们差点上了她的老当。"

周爱珍看着黄慧姬说："幸亏大姐及时提醒我，要不然真不知道会给她套去点什么。"

王巧珍咬牙切齿地说:"真该枪毙她。"

"枪毙是轻的,该剥她的皮。"

"好了,大家别说了,听赵书记说下去。"黄慧姬边为赵平倒水边提醒大家。

赵平笑笑说:"枪毙是便宜她了,听敌工部的首长说,要把她留着,以后说不定还能派上用场。"刚要说下去,阿秋突然推门进来说:"陈承林回家了,还带了几个背枪的人。"

大家一听,顿时紧张起来。赵平说:"不要慌,先回宿舍里躺下。慧姬,你把灯灭了,还有,把那把枪拿出来。"

赵煦照说:"我出去看一下。"

赵平说:"小心点,四妈。"

"知道了。"

赵煦照出去没多久就回来了,说:"陈承林走了,扛了好几包东西,像逃似的。"

赵平冷笑一声说:"他今晚不住在八字台门里,不仅是怕游击队盯上他,而且说明季槐林要对我们动手了。"

这时黄慧姬又把油灯点上了,大家也都从宿舍里走出来,会议继续开下去。

赵平说:"同志们,我刚才说的季槐林要对我们动手了,这不是危言耸听。据三北游击司令部获得的情报,日伪正加紧部署对我根据地实施新一轮'扫荡'和'清剿',国民党顽固派也蠢蠢欲动,开始向我们步步紧逼。为此,上级要求卷烟厂的同志们，务必想尽一切办法，抓紧时间摸清小越、百官、崧厦、五夫、谢家塘等据点日伪军的番号、编制、兵力部署、火力配备、工事构筑等，越快越好，以随时应对日伪顽的突然袭击。下面，我就上级对当前敌情的有关指示精神，向大家做一个传达……"

会议结束时，已快凌晨一点了，赵平打了个哈欠。今天真的有一点累了，白天走了几十里路，晚上又开了半夜的会，她真想躺到床上去，美美地睡一觉。但是今晚这觉是睡不成了，她还要去五夫，把上级的精神传达给倪爱史。

赵煦照说："你不要命啦，天亮了去不行吗？"

赵平苦笑了一下说："不行啊，四妈，十万火急啊。五夫据点的日伪军很多，对三北的威胁也很大。我怕倪爱史的担子太重了。"

"那我与你一起去。"黄慧姬说。

赵平说："你去干什么？"

"你一个人去，我不放心。"

赵平一听笑了起来，说："这条路我已经走了很多次了，比你还熟悉，有什么不放心的？对了，李爱玉那里，你要亲自去一下。太史第台门里的情况，她要抓紧时间摸清啊。"

"知道了，放心吧。"

赵平这时已来到了门口。在出门前，她突然转过身来，紧紧握了握黄慧姬的手，轻声说："我等着你们的好消息。"说完,就一头扎进黎明前浓重的黑暗中。

这时,外面的风越刮越紧,在屋中透出的昏黄的灯光中,可以看到一个弱小的躬着背的身影,离美人弄1号渐行渐远。随着灯光的延伸,这身影越来越小,越来越小,最后慢慢地消失了。

黄慧姬的眼眶湿润了。

受命

赵平说得没错,形势是越来越严峻了。其实黄慧姬她们不知道,就在赵平向卷烟厂的同志们传达上级指示时,国民党顽固派已经开始向三北抗日根据地发起进攻了。

最初的进攻是从10月24日这一天开始的,其时三北军民正在抗击日伪军的反"扫荡",突然有多份情报传来:长期在海北(杭州湾以北)一带活动的国民党"忠义救国军"第一支队司令"艾胡子"艾庆璋,奉国民党第三战区之命,以"忠义救国军海南指挥部"指挥官的名义,率领1000余人,并纠集金山、平湖等县抗卫总队和海匪武装黄八妹部共3000余人,先后南渡杭州湾,在临山段头湾登陆后,仗着人多势众,向浙东三北根据地步步紧逼,企图乘三五支队立足未稳之际,将其消灭在沿海狭小的地带内。

打头阵的是国民党金山县县长兼县抗卫总队队长张卫民，此人狡猾阴险，气焰嚣张。当三五支队为贯彻执行党的抗日民族统一战线政策，劝他们停止摩擦、联合抗日，并带着80条香烟、半只猪肉和两缸酒前去慰问时，张卫民非但不表示感谢，还口出狂言，说三五支队"严重破坏了蒋委员长的政令"，要"三五支队务必退出三北"等。最后竟然辱骂谈判代表，派兵捣毁三五支队的办事处、被服厂，抢光了刚刚做好还未来得及下发的棉衣。更丧心病狂的是，还活埋了31位地方干部和当地群众。

人不犯我，我不犯人；人若犯我，我必犯人！在忍无可忍之下，一场坚决还击艾庆璋，从夹缝中求生存的战斗，即浙东第一次反顽自卫战拉开了序幕。

刚刚担任余上县委虞北区委书记的赵平，正是在这个时候，去根据地敌工部接受了要求美人弄卷烟厂的同志们在最短时间内准确提供小越、百官、五夫、崧厦、谢家塘等日伪军情报的急令。尤其是要摸清小越伪军据点的兵力部署、工事设施、武器配置及艾庆璋与季槐林相互勾结的情报，务必于5日内将情报送抵三北游击司令部参谋处。

因为最初的战斗发生在慈北方向，故虞北一带一时间还没有听到枪炮声，但战争的气氛已经渐渐显现了。那天，金雨青正在村广场上给几个村民讲她被"三五支队""抓去"后，在那里的所见所闻，当她刚讲到那里的官兵是如何平等、对老百姓又如何和善、部队的纪律又是多么严明时,突然,经过这里的赵煦照喊了声:"快走啊,和平军(浙东百姓对伪军的称呼)来了。"果然,从梨山桥方向走过来十几个扛枪的伪军,为首的竟然是苟剩队长。

赵煦照一见是苟剩,就主动迎上前去,说:"苟队长,好久没来大山下村了,今天是什么风把你刮来了?"

苟剩凑到赵煦照耳边,悄声说:"要打仗了,四妈。季司令派我们到各村去,看看能不能筹点粮食什么的。"

"老百姓都快饿死了,哪里还有粮食啊。怎么,不到我家里去坐坐?"赵煦照心想,这几天我正要去太史第台门里走走,说不定到时候还能叫这苟剩帮点忙。但这苟剩今天真有事,说:"四妈,军务在身,今天就不打扰您了,改日您来镇上,我请客。"这话正中赵煦照下怀,说:"好,咱们一言为定。"

"一言为定。"

看着苟剩从孤老坟头出大山下村,到另一个地方筹粮去了,赵煦照赶紧来到美人弄1号,正好黄慧姬也从镇上李爱玉处布置任务回来。赵煦照就把苟剩来村里的情况与她一说,黄慧姬说:"镇上的气氛也很紧张,我从横街爱玉处出来时,看到有好多士兵扛着枪往马面山碉堡方向跑去。那个汉奸'小钢炮'带着侦缉队的一帮人,押了好几个人到太史第台门里,其中一个人浑身是血,我担心他是我们的人。"

"这个千刀万剐的恶鬼。"赵煦照愤愤地骂了句。

黄慧姬说:"四妈你来得正好,我们商量一下下一步的行动计划吧。周大姐、阿大、雨青,你们都过来一下。"

根据赵平布置的任务,黄慧姬打算将大家分成3个小组:她与赵煦照一组,负责崧厦据点滕祥云部情报的搜集;赵煦照与李爱玉一组,负责小越据点季槐林部情报的搜集;倪爱史与田阿大一组,负责搜集五夫日伪军据点的情报。

"记住,"黄慧姬压低声音说,"其他人原地待命,由金雨青大姐负责。如果有人在这次搜集情报时被敌人逮捕,不管是谁,其余人必须立即分头向黄家埠方向撤离。然后,在黄家埠的十六户村集合,到时会有我地下党的联络员前来接应。"

"我没意见,"赵煦照说,"我马上就去小越找爱玉。"

"我有意见,"金雨青说,"我在崧厦有个亲戚,就住在滕祥云部的隔壁,所以去滕祥云部搜集情报,还是我去比较合适。"

黄慧姬说:"你孩子还小,这次就不要去了。"

金雨青说:"孩子……孩子我自有办法。"

黄慧姬一看金雨青说话吞吞吐吐的,便问:"你有什么办法?大姐,你有事可不能瞒着我们啊。"

金雨青低下头去说:"我想把他送给别人去抚养。"

"你说什么?"黄慧姬一听,顿时就变了脸色,说,"大姐你在说什么?你再说一遍!"

金雨青含着眼泪啜嚅说:"孩子在旁边,我什么事也干不了。"

"你胡说什么!"黄慧姬一听就火了,说,"你以为这孩

子是你一个人的吗？是的，你是他母亲，但他也是大家的，是革命的后代。"

赵煦照拉着金雨青的手，红着眼睛说："再苦再累，我们也要把这孩子养大啊。"

"可他已经影响我的工作了啊！"金雨青哭着说，"每次有任务，你们总是照顾我，再这样下去，我还像一个共产党员吗？"

"你已经做得够好了。"黄慧姬的情绪这时已经平复下来了，说，"大姐，孩子已经失去了父亲，他不能再失去母亲了啊，无论如何，我们也得给牺牲的老周留下一条根啊。"

一说到老周，望着怀中的孩子，金雨青的情绪再也控制不住了，多日来一直压抑着的悲痛，就像山洪暴发一样，喷涌了出来。她低下头去，将脸紧贴在孩子的额头上，任凭泪水像夏天急骤的雨点，打在孩子的脸上。

哭吧，哭吧，让她尽情地哭吧，也许，痛哭会减轻她心中的悲伤，能缓解她对亲人的思念。尽管她是一位共产党人，一位坚强的战士，但她更是一个母亲，一个妻子，一个女人。在面对丈夫牺牲的时候，她的痛哭，与软弱无关，与信仰无关。

哭声是会传染人的，在场的同志们这时也禁不住热泪盈眶，望着面前的金雨青，大家真是百感交集。不错，这是一位看上去身子骨柔弱的女同志，可她有着多么坚强的意志啊，丈夫牺牲没几天，她就擦干眼泪去照顾另一位负伤的同志；

烟厂遭敌特怀疑,她毅然出演"苦肉计",保护了情报站的安全……她平时话很少,沉默寡言,可只要一接触她,就会感到她的身上有一股坚韧的力量,有一种强大的吸引力和凝聚力。对烟厂的姑娘们来说,她不仅是她们的同志和战友,更是一位可亲可敬的大姐。

探穴

可能是独特的地理位置,也可能是地处军事要冲,自古以来,小越这个集镇,总是兵家必争之地。元代的方国珍率领起义军攻打上虞时,元军就在小越镇设防并与起义军进行激烈的厮杀。1940年3月27日,日军进犯上虞时,日机也专门锁定小越镇,对镇上的商铺、学校、民房及相关军事设施进行狂轰滥炸,损毁各种建筑甚众。未几,杂牌军季槐林流窜上虞时,也趁乱占据了小越镇,从而成为日伪军钉在虞北地区的一颗毒钉子。

现在,根据三北游击司令部的部署,拔除这颗毒钉子的时刻就要到了。

赵煦照是在这天下午来到小越镇横街李爱玉开的烟店的。从大山下村到小越镇约有四五里地,按往常的走法,要从梨山桥出村,然后越过小越岭,下岭后再走2里路,才到小越镇,通常需个把小时。但今天赵煦照不走梨山桥,而是从孤老坟头出村,抄一条近路,从蛇盘江绕过去。路虽不好走,还要穿过一片"乱葬堆",但为了节省时间,她只好壮着胆子,快步小跑,赶到横街李爱玉处时,只用了大半个小时。

李爱玉见赵煦照来了,就赶紧上好排门,然后来到里间。

李爱玉轻声说:"我已打听过了,季槐林、陈承林和'小钢炮'今天带着队伍到谢家塘、湖田一带抢粮去了,只有姚丽娜在家。"

"那个苟剩呢?"

李爱玉说:"苟剩上午去闸头村强行征粮,与村里十几个农民发生冲突,苟剩拔枪打伤了其中一人,后被该村一个绰号叫'小和尚'的年轻人夺去手枪后打伤,后被侦缉队的人救出。现在镇伤科诊所疗伤,不过听说伤势并不重。"

"太好了,"赵煦照一听,兴奋地站起来说,"我现在就去找他,你跟在我后面,万一我出事了,你赶快去大山下报信。"说完,两人走出烟店,赵煦照在前,李爱玉挽着一只卖香烟的竹篮子在后,向老街中心的伤科诊所走去。

小越这个集镇在布局上很有特色,有人称之为"两山夹峙,一水纵贯"。所谓"两山",就是镇东南部的马面山,镇西面的伏龙山(亦称后山);所谓"一水",即穿镇而过的街河。街河上有堰,俗称"小越堰",街河与百谢河相通。也不知从什么时候起,就有从绍兴、百官方向过来的航船抵达小越镇,在过堰之后,经街河、东罗大江直达余姚、慈溪等邻县。故此,作为这条主航道上的停靠船埠,每天抵达小越和离开小越的航船川流不息。自晨至夕,街河上总是帆樯林立,饭店和客栈顾客盈门。

正是因为有此独特的地理环境,加上又是商贾云集的繁华闹市,当年曾四处流窜、居无定所的杂牌军小队长季槐林一眼就看中了这里,赖在这里不走了。不仅不走了,他还千方百计地要把这个千年古镇打造成一个固若金汤的堡垒,一个对抗共产党游击队的前沿阵地。

沿着横街河一直往前走,拐过一个弯,再跨过一座桥,就到了伤科诊所。伤科诊所的老中医姓张,绰号"张和尚",是家传4代的名医,因与赵煦照前夫家有亲,故赵煦照也认得他,偶尔在街上碰到时,也按夫家人的称呼,叫他"爷爷"。

听赵煦照说要找一个叫苟剩的伤员,正在为一腿伤者上药的老医生的脸顿时就变得很难看,说:"这人姓苟,我看他就是季槐林的一条狗,你怎么与这样的'丘八'有瓜葛?"

赵煦照听出老人的意思,笑笑说:"只是有事想问问他。"

"那你不能去问别的人吗?干吗要找这样的人?"

看来老先生是误会了,但赵煦照又无法向老先生解释,便问:"爷爷,这苟剩现在在病房吗?"

"已回去了。"

"回去了?"

"伤不重,死不了。"老先生这时已为那位腿伤者上好药,走到赵煦照跟前,板着面孔说:"做人要做得正,交友也要交好友。什么狗东西,我看他就是日本人的一条狗,作为一个中国人,怎么这样没骨气!"

"爷爷,说话轻点。"赵煦照提醒说。

"轻什么?"老先生扭了一下脖子说,"他们来抓我好了。"

因为时间紧迫,赵煦照便很快离开了诊所。她跨出门槛时,回身对老先生说:"爷爷,你的话我记住了,放心好了。"说完,就转过一个弯,来到下街头的"仁寿堂"药店。药店的店员是她的堂哥,当时店里正好没有人,她对堂哥说要配一副治枪伤的药。堂哥听了吃了一惊,悄声问:"你配这药给谁吃?万一被侦缉队的人知道,弄不好要坐牢杀头的。"赵煦照笑笑说:"我是给季槐林手下那个苟队长吃的,他负伤了,我想去看看他。"堂哥用怀疑的目光看了看她,就去配药了。

"仁寿堂"药店离季槐林部所在地太史第台门三四百米远。为了护卫太史第台门的安全,季槐林除了在附近马面山上建了几个大碉堡,在镇上的主要道口,也建了许多明碉暗堡,其中一座碉堡,就建在"仁寿堂"药店与太史第台门之间的街路中间。每天,碉堡里值班换岗,人员进出,她堂哥都看得一清二楚。

在堂哥抓药时,赵煦照问他:"阿哥,前面这碉堡里有多少人?"

堂哥边抓药边说:"不一定,前段时间少些,也就七八个人,最近就多了起来,有二十来个人。换岗的时间也短了,隔个把小时就来换岗,当官的也经常来巡查。"

堂哥说得没有错,就在他抓药的这段时间,有十来个士兵扛着枪来换岗了。

"他们的枪好像不太好,怎么这么破旧?"赵煦照看着碉堡那边换岗的士兵说。

"谁说的,"堂哥用眼睛瞟了一下外面的碉堡说,"你看上面第2个和第4个射击孔,那里有两挺机枪,新的,听说是百官的东洋兵送的。"

赵煦照看到了,在碉堡上端的两个射击孔当中,果然伸出来两截黑乎乎的机枪管,就像两条毒蛇的蛇头,注视着街上的行人。

"怎么街口也都筑起了寨门,上次来好像还没有的。"

"刚筑的。现在晚上也戒严了,天还没黑就把寨门关紧了,禁止老百姓出入。"

"为什么?"

"为什么?"堂哥神秘地眨眨眼,悄声说,"防这个。"堂哥看店里没别人,就先伸出3个指头,接着又伸出5个指头。

"三五支队?"

"嘘,轻点。"说话间,堂哥已把治枪伤的药包好了,在交给赵煦照时,突然问:"哎,这苟队长受伤,你为什么要给他送药?"

赵煦照说:"他在大山下住过,算是认识。他受伤了,我给他送点药,也是人之常情嘛。"

堂哥说:"以后还是少与这些人来往。"

"知道了。"刚要出门,堂哥又把赵煦照叫住了,说:"这苟队长住在太史第台门里,你能进去吗?"

赵煦照说:"我上次进去过。"

"上次?"堂哥哼了声说,"这次不会让你进去了,现在除了季槐林的司令部、陈承林的镇公所、'小钢炮'的侦缉队,连警察署也搬进去了,门口加了双岗,一般人根本进不去。"见赵煦照面有难色,堂哥给她出了个点子:"要不去找找阿彩?"阿彩是赵煦照的堂妹,前段时间,她堂哥通过常来药店配药的季槐林的副官,把阿彩介绍到太史第台门里烧饭。

赵煦照说:"她一个烧饭的,有什么话份。算了,还是不找她为好。"赵煦照也知道堂妹阿彩就在太史第台门里烧饭,也曾想过去找她,但她很快就打消了这个念头。她觉得不能在这个时候把阿彩牵扯进来,她还年轻,还没结婚,万一这事暴露了,季槐林和"小钢炮"肯定要追查与阿彩接触过的人。如果阿彩交代了是她自己把赵煦照带进太史第台门的,不仅阿彩自己脱不了干系,就是堂哥也会受牵连。

赵煦照这样想着,很快就来到太史第台门的门口。果然,在一个黑漆岗亭前,一个横端着枪的哨兵把她拦住了:"站住,干什么的?"

赵煦照说:"我找苟队长。"

"什么狗队长,鸟队长,我们这儿没这个人。"

"老总,是苟剩,苟队长。"

哨兵一听苟剩的名字才明白了,说:"哦,是苟剩队长啊,他负伤了。"

赵煦照提了提手中的药说:"我知道他负伤了,所以才来看看他。"

那哨兵可能与苟剩的关系还不错,悄悄说:"不瞒你大姐,要是在前几天,别说苟队长负伤了,就是你想去台门里面转一转,我也会睁一只眼、闭一只眼。可是现在不行了,季司令严令,无关人员一律不得入内,谁违令,谁负责。昨天我一个兄弟的爹来了,他就把他爹带到营房里面看了看,也就撒了泡尿的工夫,被队长发现,当着他爹的面,打了他两耳光。"

"怎么这么严啊?"

"不严不行啊,"哨兵神秘地说,"那边已经开打了,说不定明天一早,人家就攻进门来啦。"

哨兵说话时,赵煦照已对台门门口及里面的沙袋、木栅等工事设施进行了观察,发现在门口及门里的4只由沙袋构筑的弧形工事上,都已架上了轻机枪,在每挺机枪的旁边,各有两名士兵在值守。

"那怎么办啊,我这治伤药不能白配啊?"赵煦照很沮丧地说,"要不这样,里面我就不进去了,请老总帮帮忙,能否请苟队长出来一下,我想与他说几句话。"

哨兵说:"这事我得问问老兵。"说着,就跑到对面,与另一个站岗的老兵嘀咕了几句,老兵点了点头,哨兵就跑进台门里,不到一刻,就与苟剩一起出来了。苟剩一见赵煦照,说了句:"四妈,怎么是您啊?"

赵煦照说:"听说你负伤了,我来看看你。"

苟剩晃了晃吊着绷带的手,说:"还好,被那小子打了一枪,幸好没伤着骨头。"

寒暄了几句,赵煦照就把治枪伤的药递给苟剩,说:"这是专治枪伤的药,很好的。"

苟剩有点不好意思地说:"那得怎么感谢四妈啊。"

赵煦照开玩笑说:"那得看你苟队长是否记得'一言为定'这句话啰。"赵煦照这么一说,苟剩才想起曾在大山下说过的这句话,笑着说:"一言为定,一言为定。走,去聚福楼,晚饭我请客。"

赵煦照笑着故意说:"苟队长军务繁忙,要不还是下次吧?"

"不,不,不,"苟剩连连说,"军务再忙,饭也得吃啊。"说完,将手中那包治枪伤的药交给哨兵,就与赵煦照一起,来到镇上最好的聚福楼饭庄。在饭庄的门口,赵煦照看到"烟贩"李爱玉正卖烟给两位顾客。她朝李爱玉点了点头,就与苟剩一起进入包厢,点好菜,边吃边聊起来。

赵煦照说:"四妈不胜酒力,不过今天高兴,我先敬你一杯。"

这苟剩是个粗人,加上北方人性格豪爽,因此在酒桌上,向来寸土不让,见赵煦照来敬自己,感到很没面子,于是说:"不,不,不,四妈您是长辈,哪有长辈向晚辈敬酒的,按咱老家河北的风俗,得我先敬您3杯,您随意。"说完,便斟满酒,脖子一仰,连干3杯。

这苟剩的酒量还真不错,直至酒过三巡,菜上五味,他的话才渐渐多了起来,说:"四妈您今天来得真巧,要是再过两天,您就找不到我了。"

赵煦照说:"找不到你?你调防了?"

苟剩打了个饱嗝,说:"对,不过不太远。"

赵煦照追问:"调到马家堰?"当地人都知道马家堰有个哨卡属季槐林管辖。

"不是,那鬼地方谁去!"苟剩说话时又满饮了一杯,乜斜着眼睛悄声说,"马面山。"

赵煦照装着意外的样子问苟剩:"那上面不是有人吗,干吗叫你去?"

苟剩叹了口气说:"是有人,可2个明碉、3个暗堡,一个排顶个鸟用。"

"那你一个人上去?"

"不是。"苟剩说着朝门外看了下,见没有人进来,悄悄说,"司令说要把我这个小队也放到马面山,那里是制高点,守住了马面山,就保住了小越镇。"

"听说三五支队也很厉害的。"赵煦照边给苟剩倒酒边看着他的眼睛说。苟剩的眼睛这时已有些迷糊了,还充满着血丝,这是酒精上头的迹象。

"倒,倒。"苟剩一开始还有点谦让,现在竟主动要求赵煦照为他倒酒了。赵煦照故意说:"要不今天就算了,下次找机会再喝?"

苟剩一听,连连摇头说:"下次?下次说不定再也见不到我了。真的,活一天算一天,说不定明天三五支队就打过来了,是死是活谁知道?"

"不要那么悲观嘛。"

"不是我悲观,四妈,不瞒你说,现在我们连吃的粮食也不多了。前些天季司令派副官费启标去岑仓堰弄粮,那姓费的被游击队和老百姓捉住,在岑仓堰被当场枪决。这明显就是警告季司令,谁要是再敢下乡抢粮,这就是下场。现在,除了小越镇,我们都不敢下乡走动了。唉,当初真不该出来吃这当兵的饭。"

这顿饭,前后吃了两个多小时,分别的时候,苟剩摇晃着身子,打着饱嗝说:"四妈,我今天喝多了,话也说多了,您别介意啊。"

赵煦照说:"没有,没有。"

苟剩见旁边无人,轻声说:"有些话,您听过就算了,要是被侦缉队知道了,就麻烦了。"

"知道,知道。"

与苟剩分开后,赵煦照就与李爱玉一起回到横街的烟店。关上门后,她急切地说:"基本情况我已摸清了,我得马上赶回去。你了解得怎么样?"

李爱玉说:"街中心的几个碉堡、兵力和武器配备情况,我也大致弄清了,我与你一起去大山下当面汇报吧。"

"好!"

回到大山下,天已经全黑了,焦急万分的黄慧姬一看到赵煦照和李爱玉,激动得快要哭出来,说:"你们总算回来了,我都快急死了。"

进入宿舍,金雨青给两人倒了水,赵煦照边喝水边把她与李爱玉如何分头去摸清季槐林部在小越镇的兵力部署、火力配置、工事设施的过程简述了一遍。根据掌握的情报,赵煦照大致勾勒出了小越镇伪军的布防图:在镇东南面的制高点马面山上,季部筑有碉楼及瞭望台,环绕山腰又挖有交通壕和掩体,山脚下围有铁丝网。整个马面山有伪军一个中队约100人,配有轻机枪3挺、重机枪2挺、日式97式迫击炮1门。伪军昼夜不断在山下巡逻,晚上戒严,若靠近铁丝网或违反戒严令,轻则被抓去坐牢、拷打,重则被当场枪杀。西面的伏龙山,季部筑有暗堡4个,配有重机枪1挺、轻机枪2挺、日式97式迫击炮1门。山上有守军两个小队约80人。伏龙山在兵力和火力配置上虽不如马面山,但因其与马面山构成掎角之势,相互呼应,是护卫小越镇的一座天然屏障,地理位置十分重要。在小越镇周围,筑有3米多高的竹篱笆,进入镇中的4个路口,各设有碉楼哨卡,每个碉楼左右两侧,筑有环形沙袋工事2个,工事上架有1挺轻机枪,由6名伪军把守。镇上所有重要的机构,都集中在太史第台门里,除了季槐林的司令部、政工室及1个中队的伪军外,还有镇公所、侦缉队、警察署及伪职人员约200人。

"大致情况就是这样。"赵煦照说,"晚上我与爱玉把这些东西写下来或画下来。"

"好,就直接写在香烟纸上。"黄慧姬高兴地说,"你们掌握得真够详细的,首长们看到这些情报,不知道会有多高兴。"

"关于镇上伪军的反战情绪、南北方士兵的矛盾等,我回去后再去摸一下情况,看看有什么人可以策反。"李爱玉说。

"好。"黄慧姬说,"这也是上级交给我们的任务之一。哎,四妈,我们能否在那个苟剩苟队长身上动动脑筋,如果能够在这个人身上打开缺口,这也是一个重要收获啊。"

"我也这么想,"赵煦照说,"从我了解的情况看,这个人的出身还是很苦的,虽然也干过一些坏事,人也粗鲁,但还不是一个不可救药的人。只要他不死心塌地跟着季槐林干伤天害理的事,能为我们提供一些有用的东西,是可以争取一下的。"

"好,"黄慧姬说,"我会把这个情况向赵书记汇报的。"正说着,阿秋匆匆跑进来,神色慌张地来报告说:"大姐、四妈,有一支队伍刚从村前面走过,往小越方向过去了。"

"什么队伍?"黄慧姬紧张地问。

"天黑,没看清。"

赵煦照问:"从哪个方向过来的?"

"好像是崧厦。"

黄慧姬说:"这肯定是滕祥云的部队,说明季槐林对据守小越没有信心,开始向滕祥云讨救兵了。"

"讨再多的救兵,也逃不过被消灭的命运。"赵煦照说。

黄慧姬说:"四妈,这个情况很重要,明天我们去崧厦,一定要摸清这支援兵的情况。"

"好!"

闯窟

黄慧姬的分析是对的,汪伪据守小越的兵力已经不足了。

尤其1942年5月,日军第二十二师团调集辖下驻防百官、五夫及余姚的大部兵力赴金华参加浙赣战役后,这一带的兵力就渐显空虚。尽管上虞这一带还有滕祥云、季槐林、黄嘉兴等一些汪伪部队分兵驻守,但由于战线太长、驻点太散,加上抗日游击队的迅速壮大,人民群众抗日热情的日益高涨以及革命根据地的不断扩大,浙东的抗日形势正在朝有利于我方的方向转变。

但是,敌人是不会就此罢休的,他们是要与我们进行殊死较量的。盘踞在崧厦的滕祥云就是其中的一个。

滕祥云是山东滕县(今滕州)人,原名滕炳龙。此人原是余姚的一名盐警,后来成了崧厦缉私营的一名小队长,手下

约有七八个盐警。全面抗战爆发后,滕祥云收罗了一批游兵散勇,加上原有的几个盐警,脱离了国民政府的管辖,自立门户,在虞北一带私设关卡,横征暴敛,使百姓苦不堪言。但上虞县政府对滕祥云却无可奈何,最后只好采取以毒攻毒的办法,干脆封官许愿,让他负责崧厦一带的治安。不料有了合法外衣,这滕祥云变本加厉。宁绍沦陷后,日军占领了崧厦、百官、东关、小越、五夫、丰惠等重要集镇,滕祥云、季槐林、黄嘉兴等部纷纷投降日军。在崧厦,日军先占据了崧厦街上的夏家台门,之后又侵占了邵余堂的家宅,并在宅院内搭建二层高的瞭望台,监视过往行人,一发现可疑人员,轻则抓来拷问,重则投入监狱甚至当场枪杀。滕祥云部当时盘踞在连家台门等几处私宅大院里,与日军据点形成掎角之势。因有日军做其靠山,滕祥云更加飞扬跋扈、残暴不仁。但俗话说,善有善报,恶有恶报,不是不报,时候未到。滕祥云的报应在1945年2月到来,刚从上海返回上虞的滕祥云因内斗,被同伙伪36师抓住。为防其逃脱,该师的士兵便用铁丝穿过滕祥云的锁骨,在押到上虞曹娥江边时,将其推入已挖好的石灰池,于是,这个杀人恶魔便在挣扎呼号中被活活烫死、呛死。这是后话。

"据说这滕祥云喜欢吃人心,"在通往崧厦的一条石板路上,手臂中挎着一只装着两条香烟的竹篮的黄慧姬对赵煦照说,"这真是一个恶魔。"

黄慧姬和赵煦照是天不亮就从大山下出发的，从大山下到崧厦镇约有二十几里路，虽然每天有航船，但航船速度慢，再说，在船码头，敌人搜查得很严。于是，她们决定走旱路。两人打扮成卖香烟的村妇，盘着发髻，借来老年妇女穿的黑土布斜襟棉袄，套上蚌壳鞋（浙东一带中老年妇女常穿的鞋，形状像河蚌），裤脚处又缠上布带，这样看上去，活脱脱农村常见的中老年村妇的模样。

两人紧走慢走，天黑路又不平。黄慧姬年纪还轻，脚力尚可，赵煦照毕竟年过四十，走着走着，就开始气喘吁吁。有一个地方，因为被人撬去一块石板，出现高低落差，赵煦照没有看清，一脚踩空，"啊呀"一声，扑倒在地，吓得走在前面的黄慧姬跑过来将她扶起，用手摸了摸她，感觉似乎并未伤着筋骨。只是赵煦照感到膝盖处有黏热的液体流了下来，估计已经磕破皮了，但她没有告诉黄慧姬，只说："没有事，走。"

崧厦是虞北地区一个很繁华的大集镇，不仅人口稠密，还因为不远处就是杭州湾，海鲜水产特别多，故被人冠有"上数章镇，下数崧镇"的美誉。但自日本兵和滕祥云来了后，昔日繁华富庶的崧厦就像遭受了灭顶之灾。岗楼林立，兵匪横行，百业萧条，偌大的千年古镇，笼罩在腥风血雨的白色恐怖之中。

到了崧厦，天刚微亮。黄慧姬此次要去下桥头找一个接头的人，此人是滕祥云部的班长，是三北游击司令部敌工部打入滕祥云部的内线。黄慧姬此前也没见过这个人。为安全起见，同时也是隐蔽工作的纪律，黄慧姬未将此人的情况告诉赵煦照，赵煦照也没问黄慧姬去找的是何人。

赵煦照有个远房表亲在崧厦，此前她曾多次来崧厦购买过海产品，因此对崧厦及周边的环境比黄慧姬要熟悉得多。于是，她就陪着黄慧姬穿过大街，往下桥头走去。这天正好是开市的日子，大街上行人如织。但在祝家街和迎紫路等路口，却行人稀少，原来今天有很多荷枪实弹的伪军在设卡盘查过往行人，气氛显得颇为紧张。幸好黄慧姬和赵煦照都备有良民证，在哨卡盘查时，除了被几个伪军敲去4包香烟的竹杠，也算顺利通过。

到了下桥头，两人约定下午两点前在严巷头村严氏宗祠绥成堂前会合。黄慧姬说："四妈，如果我在下午两点还没到，你就不用等我了，赶紧回去。如果我在晚上还没回到大山下，说明我已出事了，你务必要在明天派人把所有收集到的情报送到三北去。"

赵煦照一听，眼睛顿时红起来，说："慧姬，不会有事的，快去吧。"

黄慧姬要找的这个班长住在下桥头第一条弄堂内的第二间楼房里。这里原是个豆腐作坊，去年日机轰炸崧厦时把豆腐作坊炸毁了，屋主人无力重新经营，只好在原址上略做修缮，准备自住，不料又被滕祥云看中了。因下桥头有滕祥云设的一个盐卡,专查私盐贩子,滕祥云正在寻找房子,见此房离盐卡不远,又能住下一个班的人,便强行入住,房租分文不付。豆腐作坊主人与之理论,滕祥云竟命手下将豆腐作坊主全家逐出家门,还打断了屋主人的两根肋骨。

黄慧姬要找的这个人,就是这个盐卡班的班长。他是刚从别的中队调来这里的,因前一个班长私放了许多盐贩,从中捞了不少好处,被部下告发,滕祥云一怒之下,拔枪将他毙了。后有人荐举现在这个班长不贪钱财,不近女色,于是,滕就把他调来了这里。

盐卡班共有10个人,昼夜轮岗值班。黄慧姬找到盐卡班住的豆腐作坊后,见大门紧闭着,便按赵平书记告诉她的接头暗号,在大门口来回叫卖:"香烟要哦,'美人'牌香烟要哦?"来回叫了几遍,只听到里面有了动静,接着门就开了,从里面探出一颗头来,问:"'美人'牌比'仙女'牌如何?"

黄慧姬走过去说:"比'仙女'牌淡点,比'哈德门'浓点。"

那人说:"那先让我尝尝。"

黄慧姬说:"别说尝尝,送给你一包也行。"暗号对上了,黄慧姬随即拿出一包香烟,递给面前这人。正要说话,不料从桥上下来两个侦缉队的人,老远就喊:"郭班长,忙哪。这人是谁啊?"

郭班长说:"卖烟的。两位去哪里?"

为首一个走近后说:"转转,最近'三五'的奸细在镇上很活跃,说不定有大动静,滕司令要我们多防着点。"

"是啊,是啊,不得不防,不得不防啊!"说话间,郭班长已点燃了一根烟,吸了一口说,"嗯,这烟不错,来,两位尝尝。"说完,从黄慧姬的篮子里拿出4包香烟,两个侦缉队队员一人2包。那两人接过烟后,连连道谢,其中一人说:"郭班长一向对我们多有照应,上次那批盐亏得你予以放行,要是被滕司令知道了,我们这脑袋早就搬家了。"

郭班长笑着说:"应该的,应该的。两位以后进的货若要经过我这里,最好提前知会我一声,我好做到心中有数。"

"那一定,那一定!"两个侦缉队队员边说边要走,郭班长又把他们叫住了,指着黄慧姬说:"差点忘了,这位卖烟的大姐是我的一位远房表亲。以后她在镇上卖烟时,请两位多多照应。"

两人一听,当即拍着胸脯说:"保证没问题。"其中一人还说:"大姐你放心,只要在崧厦这地盘上,谁敢欺侮你,我保证叫他活不过明天。"

黄慧姬一听,顺势说:"可是我还不知道两位老总姓甚名谁啊,要是有人欺负我,我该怎么说呢?"

这两人觉得有道理,其中一人指着自己的眼睛说:"我眼皮上有一个疤,这里的人都叫我'塌眼'。你一说这绰号,他们就知道是我了。"

另一个不好意思地说:"我人长得黑,绰号叫'黑皮',你就叫我绰号好了。"

黄慧姬说:"那多不好意思啊。"

那"塌眼"说:"没事,万一有人为难你,你就说是我'塌眼'的表姐就是了。"说完,向郭班长拱了拱手说:"改日请郭班长在鸿运楼喝酒,告辞。"

待那两个侦缉队队员一离开,郭班长马上从口袋中摸出一张卷着的"纸币"交给黄慧姬,说:"上级要的东西都写在上面了,你抓紧时间离开这里,换岗的人马上就要回来了。"

黄慧姬一看四周没有人,便问:"郭班长还有什么要交代的?"

郭班长眼睛盯着桥上说:"请向组织报告,这次崧厦据点拔除后,我想回到自己的队伍中,我实在忍受不了这种生活了。"

"我一定向组织汇报,你一定要注意自己的安全啊。"

黄慧姬正说着,郭班长说了句:"快走,他们回来了。"说完,便转身跨进门槛,把门关上了。

在一个巷子的转弯处,黄慧姬把郭班长交给她的那张"纸币"插入篮子底部两根交叉的竹架里。然后跨过下桥头,穿过大街,正要往严巷头村严氏宗祠绥成堂方向走去,突然,背后传来了一声断喝:"站住!"

黄慧姬心头一惊,便立住脚步,回身一看,只见后面跟着两个斜挎着盒子炮的便衣,其中一个戴铜盆帽的人骂道:"你他妈的走路这么快干吗？连老子喊你都没听到，去奔丧啊。"

黄慧姬说："对不起老总，我真的没有听到。"

说话时，两人已到了黄慧姬跟前，一个问："干什么的？"

黄慧姬答："卖香烟的。"

另一个眼睛盯着黄慧姬说："卖香烟的？这崧厦街里卖香烟的我哪个不认得，你在撒谎，我看你就是'三五'的奸细。把篮子给我，我要检查。"说着就伸手来夺黄慧姬挎着的篮子。

黄慧姬边躲边装着哭腔说："老总，我说的是实话，我确实是第一次来崧厦卖香烟，主要是我表哥说崧厦生意好，我才过来的。"

"你表哥？"那戴铜盆帽的人朝旁边那人眨眨眼，目光中流露出淫邪的神色，说，"怕不是表哥吧，啊？哈哈哈……"

"呵呵呵……"

黄慧姬说："真是我表哥，说不定你们还认识。"

那戴铜盆帽的人止住笑，说："认识？他是谁？"

"'塌眼'。"

"你说什么？'塌眼'是你表哥？"

"对，"黄慧姬说，"就是他叫我来崧厦卖烟的，还有他的兄弟'黑皮'，我也认识的。"

"我的姑奶奶！"那戴铜盆帽的人当即堆起笑脸说："你怎么不早说啊，走吧，走吧。"说着，两人就转过身要走。黄慧姬假装递上2包烟给戴铜盆帽的人，戴铜盆帽的人连连推辞说:"不敢不敢!告辞了,告辞了。"边说边飞也似的离开了。

赶到严巷头村的严氏宗祠馁成堂,时间还不到两点钟,赵煦照还没到,等了一会儿,赵煦照来了。两人点点头,也没有说话,到了路上,黄慧姬才把去郭班长处取情报的经过以及刚才被两个便衣拦住的惊险一幕与赵煦照说。接着,赵煦照也把自己去上湖头连家台门看望表姐时遇到的事向黄慧姬做了汇报。原来,赵煦照表姐住的连家台门里,正好住着滕祥云部的一个连。表姐告诉赵煦照,这个连昨天去小越了,听说要打仗。赵煦照估计这就是阿秋见到的那一支部队。在接下来与表姐的攀谈中,赵煦照还基本摸清了这支部队的主官姓名、人数、武器配备等情况。

"四妈,您掌握的这个情报太重要了!"黄慧姬高兴地说,"这说明,敌人在小越的兵力增加了。"

回到大山下,天已经快黑了。一跨进烟厂的门,大家纷纷围上来,金雨青说:"你们走了后,我一整天都提心吊胆的。"

田阿大说:"我与周大姐、华英好几次爬到半山腰,张望你们回来了没有。"

黄慧姬开玩笑说:"你们看,我和四妈不是好好的吗?一根汗毛也没少。"

正说着,突然工场间的铃声响了三下,大家顿时紧张起来。接着敲门声响了,阿秋把门打开一看,原来是五夫香烟分公司的倪爱史来了。

黄慧姬首先迎上前去,一把将倪爱史抱住,说:"你可来了,爱史,真想你啊。"

倪爱史笑着说:"我也想同志们啊。"

"听赵书记说你遇险了?"

"是啊,"倪爱史说,"亏得乡亲们保护我,要不,真怕见不到你们了。"

原来,前不久倪爱史化装成一个卖烟女,在马渚日伪据点搜集情报时,被一个在镇上巡逻的伪军认出来了。这个伪军原是游击队的一名战士,在一次作战时被敌人抓去,经不住严刑拷打,最后叛变投敌。他说他在某次开会时见过倪爱史,于是,就抓住她,要把她送到据点里邀功。但倪爱史一口咬定自己只是个卖烟女,根本不认识他。正在拉扯时,倪爱史曾租住过她房子的房东大妈闻讯赶来了,接着附近的村长和一些村民也过来了。房东大妈说倪爱史是她的"外甥女",根本不可能认识三五支队的人,村长在一旁也证明倪爱史是个本分人,他可代表全村人作保。在旁边看热闹的村民这时也都附和村长的话,愿意为倪爱史作保。在众人的呵斥声中,那叛徒见势不妙,只好放开倪爱史,挤出人群溜走了。

"真险啊,爱史,下次一定得小心了。杜妈妈好吗?"黄慧姬说的"杜妈妈"就是杜婉容,自从上次去过她家后,黄慧姬已很久没见过她老人家了。

倪爱史说:"还好,她大儿子回来了,现在也去根据地了。"

"啊,真的啊,这真是个好消息。"

杜婉容的大儿子潘炯乐1937年去延安抗大学习,同年5月在抗大入党。1938年由中央组织部派往南昌新四军军部工作,任军部战地服务团第一大队队长。4月随粟裕率领的先遣支队进入皖南敌后。1940年,在第二支队政治部任民运科科长时,奉第二支队廖海涛司令的命令,去苏南句容以北沿长江一带侦察渡江路线,为新四军的北撤做准备,不料在途中与下乡抢粮的汪伪军遭遇而不幸被捕。在狱中,敌人对潘炯乐施以严刑拷打,要他说出党的组织及同伙,招认自己是新四军的联络员,而潘炯乐一口咬定自己只是个小学教员,为此遭来更残酷的刑罚,甚至险遭杀戮。1942年11月,太平洋战争爆发,汪伪实行大赦,潘炯乐也被放了出来。他渴望着重回老部队进行战斗,但老部队在皖南事变后已经北撤。这时他收到了母亲的来信,称"家乡有自己人,不会感到寂寞",于是,遍体鳞伤、瘦骨嶙峋的潘炯乐几经辗转,终于回到了自己的老家五夫。不久,在儿子身体还未完全康复的情况下,杜婉容把儿子介绍给了余上县委的负责人周明。在党组织的安排下,潘炯乐担任了余上办事处民运工作队副队长及浙东纵队政治部干事等职。

"你回去后,一定要代我向她老人家问好。"黄慧姬说。

"好的,她也常提起赵书记和你。"

"五夫的情况怎么样?"

"敌人也开始行动了。"倪爱史告诉黄慧姬,就在她来大山下之前,五夫镇伪镇长突然领了一男一女两个人到杜婉容家里,说男的是重庆派来的"特派员",女的是他的助手,要住在杜婉容家里。考虑到当时抗日部队与日伪顽斗争错综复杂的形势,杜婉容明知来者不善,也只得答应他们暂时住下。经过一段时间的观察,印证了杜婉容当初的判断。原来这对男女是日伪的特务。他们住在杜婉容家里,看似无所事事,实则是来监视杜婉容家的香烟公司的,尤其对公司经理倪爱史的活动轨迹,他们尤为关注。据他们事后交代,倪爱史每天出去几次、去了哪里、卖掉多少香烟、又与哪些人接触等,他们都记在纸上,然后进行分析,并将分析结果报告上峰。不过,就在他们对香烟公司经理倪爱史实施抓捕前,党组织先敌一步采取了行动,在已打入汪伪上虞县政府的地下党员何畏(又名杜其昌)的帮助下,于一天凌晨,将这对男女抓获。经审讯,这两人根本就不是重庆派来的"特派员",而是驻五夫日伪军谍报机关的情报员,他们从杜婉容家开设香烟公司那天开始,就一直盯着这里的一举一动。为了摸清香烟公司及其负责人倪爱史的真实背景、活动轨迹及与周边中共地下党组织的关系,他们才冒充重庆"特派员"住进了杜婉容家里。

"这两个人后来又作何处理?"

倪爱史冷笑一声说:"去了他们该去的地方。"

"好,"黄慧姬说,"这就是敌人应有的下场。"

智闯虎关

乔装

陈滋萱是在半夜时分潜入美人弄卷烟厂的。此前她刚送了一份情报去余上交界的黄家埠地下党联络点,因为沿途盘查得很紧,回来时就晚了。到永兴小学时,赵平书记及学校的其他几位党员都外出执行任务了,她匆匆扒了一口冷饭菜,拿起小布包,就往大山下村赶。

行走在漆黑的乡间小道上,陈滋萱听到从虞北方向传来了隐隐的炮声。白天在去黄家埠送情报时,那位来取情报的敌工部的同志告诉她,第一次反顽自卫战已经打响了。在连续十余天的战斗中,我军已取得了三七房伏击战、"忠救军"胡大海部歼灭战等重大胜利。但遭受了沉重打击的顽军艾庆璋并未因此有所收敛,而是自恃兵力雄厚,背后又有国民党第三战区的支持,决心反共到底。为此,他不仅向三北根据地步步紧逼,还口出狂言:"三五支队不退出三北,那就把他们赶出三北。"敌工部的同志说,虽然我们取得了初步的胜利,但形势依然十分严峻。据可靠情报,就在三五支队发起反顽自卫战之后,盘踞在庵东、周巷、五夫、百官、小越、崧厦等据点的日伪军也开始蠢蠢欲动,准备伺机向我们前后夹击。为防敌人在背后向我们捅刀子,谭启龙政委曾亲自向各地的负责同志布置任务:三北的地下党员都要行动起来,运用土生土长的有利条件,随时侦察敌情,做好情报工作。而现在,敌工部急需掌握小越、崧厦、五夫等日伪据点的情报,这对取得这次反顽自卫战的最后胜利,至关重要。

"你终于来了,真是急死人了。"在将陈滋萱引入工场间之后,黄慧姬关上门,把油灯碗里的第二根灯芯也点燃了,工场间顿时显得亮堂了不少。见陈滋萱的头上身上披着一层雪白的霜,黄慧姬边为她掸霜,边心疼地说:"累了吧?"

"有点。"

黄慧姬笑起来,说:"你是个要强的人,这回总算说实话了。"

"明天路很远,几点走?"陈滋萱问。

"保险点,还是早点出发。其实你这次是可以不去的,"黄慧姬说,"阿大和爱珍两个也够了。"

陈滋萱说:"我要去,这条线路我熟悉。"

黄慧姬点点头,说:"刚才爱玉送来赵书记要她转交给我的一份上级指示,说我们的大部队已离开慈溪鸣鹤场一带,正往虞北方向追击艾庆璋部。我们的情报无须再送到三北游击司令部,可到临山镇的三官殿找智明和尚,那里是敌工部的一个联络站,他们会将情报及时转送给司令部首长的。"

陈滋萱说:"好。这条线路虽然比较近,但是哨卡多,查得也最严。"

黄慧姬有点担忧地说:"是啊,这是一条通往三北的主要道路,敌人的防备已明显加强了。"

陈滋萱的家就在美人弄1号前面的"太邱世泽"墙门内,她原想回去看一看老母亲。自从上次离开大山下以后,她已几个月没和母亲见面了,但一想到深更半夜把母亲叫起来,老人家又要为她担惊受怕,于是决定还是不去家里了,就与烟厂的姐妹们挤一下,打个盹算了。

迷迷糊糊地睡了两三个钟头,陈滋萱就起来了,打开工场间的门,发现油灯已亮着,原来田阿大和周爱珍早起来了。

陈滋萱说:"你们怎么不叫我?"

周爱珍说:"昨晚你来得晚,我们已睡足了。"

说话时,黄慧姬也起来了,说:"离天亮还早呢。"

田阿大说:"保险一点,我得再检查一下这些香烟有没有惹人怀疑的地方。"

原来这次3个人的分工是这样的:由田阿大扮作卖烟女,所有搜集的情报都通过无色书写水写在香烟纸上面,然后包装成一包与其他香烟一模一样的烟。这包香烟就混入其中一条香烟中，除了田阿大，其他人很难看出其中的区别，连参与包烟的周爱珍也看不出。

陈滋萱这次扮作一个有身份、有背景的大学生，而周爱珍则是她身边的女佣。她们与田阿大装作互不相识，行走时相隔一定距离，如前面的田阿大能顺利通过哨卡，则相安无事。如田阿大在哨卡遇到麻烦不能过关，后面跟着的两人则要见机行事，按第二套方案实施计划。总之一句话，无论遇到多大困难，多么危险，甚至牺牲生命，也决不能让情报落入敌人手中，并保证在规定的时间内将情报送达上级指定的地点。

为了防止出村时引起村民的怀疑，3个人在启明星升起不久就离开了大山下村。此时天还一片漆黑，幸有田野中的浓霜泛出的白光，为她们映着路面。

这天天气极冷，田阿大还好，她穿了一套土布做的蓝色条格棉袄、棉裤，脚上穿着一双蚌壳状旧棉鞋，手臂里挎着一只装有4条香烟的旧竹篮，真像一个在虞北一带走村串乡的卖烟女。

与田阿大相隔一段路的陈滋萱就惨了，因为她扮演的是一个富家出身的女大学生，衣着打扮自然要符合她的身份。为此，她今天穿的是一件紫红软缎丝绵薄旗袍，脚上套着一双半高跟皮鞋，鼻梁上还架着一副金丝边眼镜，气质高雅，衣着得体,活脱脱一个富家出身女大学生的形象。但"形象"符合了,身体可吃苦了,走在寒风凛冽的旷野上,没多久,身子就开始瑟瑟发抖,连手脚也变得僵硬。幸好她身旁的"女佣"周爱珍穿着厚厚的老棉袄,于是,便一手提着一只牛皮箱,一手紧紧搂着陈滋萱的腰,令她暖和了不少。直至爬过小越岭,陈滋萱才感到身子渐渐舒展开来了。

如果按平常的路线,她们首先要经过小越镇哨卡,但从上个月起,把守这哨卡的人员已由原来的伪军士兵换成了汉奸"小钢炮"手下的侦缉队,不仅站岗的人数增加了,还加强了搜查的力度。过往行人稍有疑点,轻则会被抓进岗楼剥衣、搜身,重则会被关进牢里严刑拷打,令其交代与"'三五'的联系"。有一位农民,因为买的一块霉千张包着半张旧报纸,被侦缉队怀疑是与三五支队联络的暗号,最后被打得口吐鲜血,当场丧命。

故此,3人决定避开小越镇,从后面的乡间小道走。虽然要多走几里地,但这里的乡路她们很熟悉,故很快就绕到了马家堰。这时天已放亮,路上的行人已渐渐多了起来。马家堰也有一个哨卡,不过站岗的并不是季槐林部派出的士兵,而是由当地一些地痞、流氓、恶棍拼凑起来的所谓"乡保安队",名义上是"防共",更多的是敲诈勒索、鱼肉百姓。

今天在哨卡上站岗的只有两个人。田阿大先到,见两个戴着罗宋帽的人在岗亭的凳子上坐着,田阿大叫了声"老总",从岗亭里出来一个人,边打着哈欠,边骂骂咧咧。田阿大塞给他2包香烟,这人抬眼看了看她,嘴里嘟囔了几句,也不知道在说什么话。然后,就抬起一根破竹竿,让她过去了。接着陈滋萱、周爱珍她们也过来了。

又走了一段路,这时太阳出来了,陈滋萱感到身上已有些微汗了,穿着半高跟的脚,也有些隐隐作痛,正好前面有一个凉亭,她想进去歇一歇。周爱珍嘴上虽然没有说,但她的额头上也已出汗了。

"爱珍,进去歇几分钟再走。"

周爱珍笑着说:"穿高跟鞋的滋味不太好受吧?"

"是不好受,"陈滋萱看了看走在前面的田阿大,开玩笑说,"谁让我是大学生呢?"说完刚要在一块石凳上坐下去,只听得从她们身后的方向,像旋风一般,飞来了十几辆自行车,骑车的人,个个黑衣黑裤,戴着铜盆帽,斜挎着驳壳枪,也不旁顾,就发疯般地穿过凉亭,朝前面驶去。那胶皮轮胎与高低不平的石板路撞击在一起,发出"扑通、扑通"的声音。

"不好!这是余姚劳乃心(劳乃心,汉奸,曾任余姚县维持会会长、伪余姚县县长)手下的侦缉队,"陈滋萱对周爱珍说:"我与他们打过交道,很难对付的。"

周爱珍骂了句:"都像虎狼似的。"

"比虎狼还难对付,走。"

闯关

田阿大待骑自行车的人过去后,就在前面等着陈滋萱和周爱珍。她们前方不远处,就是五车堰,这是一个大集镇,从小越去三北方向的黄家埠、临山等地方,五车堰是无法绕开的咽喉。

3个人就按来时约定的间隔距离,向五车堰走去。这天五车堰正好有庙会,前来赶市和逛庙会的人很多。五车堰哨卡仍设在街河中间那座拱形石桥的两侧,不久前赵煦照护送余上县委领导戈冰同志去根据地时,就是从这个哨卡过去的。

已到了街河边的田阿大并没有立即过哨卡,而是站在不远处观察了一会儿。从小越去三北根据地的十几个哨卡中,五车堰这个哨卡搜查得最严,被抓被关的人也最多,故被人称为"老虎关"。经过几次历险后,田阿大得出了一条经验,若要顺利过这个"老虎关",最好是在哨兵换岗时过去,此时因为站岗的哨兵急于下岗而对过往的行人会有所放松。但是今天换岗的时间已经过去了,要等下一班换岗,至少还需一两个小时。更要命的是,以前只有2个伪军站岗的哨卡,今天已增加到4人,其中2个就是刚才见到的侦缉队的那些人。

时间已不允许田阿大犹豫了,必须马上过哨卡,否则,就无法在上级规定的时间内把情报送到临山的三官殿。她又清点并检查了一下篮中的香烟:在马家堰哨卡送掉了2包,在途中又卖掉了3包,还剩下3条零5包。

像以前每次过哨卡一样,田阿大在哨卡前面的栏杆处被一个伪军喝住了:"站住。"

田阿大站住了。

"干什么的?"

"卖烟的,老总。"

旁边正在检查一个孕妇的一个伪军听说是卖烟的,便转过头看了一眼田阿大,觉得有一些眼熟,说:"又是你?"田阿大也记起上次过这个哨卡时,就是由这位伪军检查的,她当时还拿了两包香烟悄悄塞进他口袋里。

田阿大心里一阵欣喜,说:"是我,老总,是我。"边说,边从篮里拿出4包香烟,一人两包,分别塞进两个伪军的手里。

两个伪军"吃了人家的嘴软",看了看田阿大的良民证,又草草翻了翻她篮里的香烟,说了声:"走吧。"

田阿大说了声:"谢谢老总。"正要转身跨上石桥,不料后面又传来了一声断喝:"站住,回来!"

田阿大的身子猛地一震,心里喊声"不好",转身一看,只见身后站着一个长着一双"老鹰眼"的人,此人戴着一顶铜盆帽,身着黑衣黑裤,斜背着驳壳枪。田阿大知道,这是侦缉队的人,她碰到恶狼了。没办法,她只好从石桥的台阶上下来,走到这人的跟前,说:"老总,刚才两位老总已经检查过了。"

"检查过了?""老鹰眼"冷笑了一声,说:"我问你,你要去哪里?"

田阿大说:"去浒山。"田阿大没有说去临山,因临山正在打仗,她现在去临山,会被"老鹰眼"怀疑是去给游击队送情报的。

"老鹰眼"说:"卖几包香烟去浒山,你骗小孩子啊?"

田阿大说:"不是,老总,我有个老娘舅在浒山,是个孤老头,他得了重病,快要死了,我想在他临终前去看一眼。在路上顺便卖掉几包香烟,凑点钱,给老娘舅买套寿衣寿裤,他真是个苦命人啊……"说着说着,田阿大的眼圈就红了起来。

"老鹰眼"很狡猾,他不相信田阿大说的话,歪着头说:"你别给我来这一套,你这种人我见得多了,我看你就是'三五'的奸细。来人啊,把她的香烟一包一包拆开来,老子要检查。""老鹰眼"话刚落,就过来一个侦缉队队员,要夺田阿大手中的篮子。之前那两个伪军尴尬地站在一边,不知道干什么才好。

田阿大用手护住篮子,带着哭腔说:"老总,我不是'三五'的奸细,我只是个卖烟的,求求你,放我过去吧,再不去就见不着我娘舅了。"边说边从篮中拿出一条香烟塞到"老鹰眼"手里,谁知"老鹰眼"一把推开田阿大的手,大喝道:"搜!"

"老总,我求求你……呜呜呜……"田阿大边"哭"边抓住篮子,不让侦缉队的人夺去。

正在争夺时,只听到从旁边传来一个女子的声音:"这位姐姐,你哭什么?"田阿大从手指缝中一看,见是陈滋萱和周爱珍上来了,便赶紧躲到她们身后。

陈滋萱走到哨卡前,环顾了一下哨卡前的几个人,然后从衣襟中抽出手帕,摁了摁鼻尖上沁出的细汗,冷冷地问其中一位侦缉队队员:"你们是要检查吗?"

那侦缉队队员一看面前这女子的气势,知道这人应该有些来历,于是看了看旁边的"老鹰眼",点着头连连说:"是的、是的,要检查、要检查。"

"老鹰眼"也被陈滋萱的气势镇住了。在他进侦缉队以来,他得出过一些经验,说白了就是血的教训,即:每逢检查行人时,若遇到衣着考究、气宇不凡,并带着用人提着皮箱的人,都得小心谨慎,因为这些人大都有些深厚的来历、背景,不是达官贵人,就是富商豪绅或他们的子女,甚至还有不便公开的军统、中统及蓝衣社的人,弄得不好,轻则会被痛骂一顿,重则会挨耳光、踢脚头,甚至被拔枪抵住脑门。当然,也不排除乔装成达官贵人和富商豪绅的共党情报员,这就为他们甄别真伪增加了难度和风险。故此,每逢遇到这样的人,"老鹰眼"就格外小心,并尽量做到由他自己出面来应付。

这不,他走到了陈滋萱面前,摘下戴在头上的铜盆帽并弯下了那一直挺着的腰,以示自己对她的尊敬和谦恭,说:"是的,小姐,上峰有令,凡过往行人都要检查,请您谅解。"

陈滋萱也不说话,打开手里提着的小坤包,从里面掏出一本蓝色绢面的上海震旦大学的学生证,用食指和中指夹着递给"老鹰眼"。"老鹰眼"一看,连忙将学生证合上,双手递还给陈滋萱,连连说:"钦佩、钦佩。"

"阿香,把皮箱打开,请这位兄弟检查。"陈滋萱冷冷地说。

"阿香"嘟着嘴,满脸不高兴,把皮箱打开后,说了句:"检查吧,好好检查,都是'三五'的东西。"

陈滋萱批评"阿香"说:"阿香,不要这样说,兄弟们也是奉命行事嘛。"

"谢谢小姐谅解,谢谢小姐谅解。""老鹰眼"说着,飞快地翻了下皮箱里面的物品,发现除了几本女性时尚杂志《玲珑》、电影杂志《摄影画报》《良友》及蔻丹美甲油、香水之类的东西,还有一些就是女士的衣服及用品。"老鹰眼"虽然很想翻翻里面还有些什么"秘密",但在众目睽睽之下,也觉得有些不好意思,于是,便匆匆把皮箱合上,假惺惺地说:"小姐,我等也是奉上峰之命,履行职责,刚才多有打扰,实在抱歉、实在抱歉!"

陈滋萱冷冷一笑,说:"我大哥也在国防部供职,这种事我见得多了,你们理应如此。"

正说着,只觉得身后有人在拉自己的衣服,回头一看,是那个卖烟女,只听她带着哭腔说:"小姐,求求您,帮我说句话吧。"

陈滋萱故作惊讶地问:"阿妹,不要哭,你要我说什么?"

田阿大便把她老娘舅生重病快要死了,她想一边卖烟凑点钱,然后去浒山见老娘舅最后一面的事说了一遍。说到伤心之处,田阿大真的哭了起来,把陈滋萱也引得红了眼睛,说:"真是个孝顺外甥女,原来你也是到浒山去的,与我倒是一路。"说完,便转身对旁边的"老鹰眼"说:"这阿妹也实在可怜,你能否高抬贵手,让她过去算了?"

"这个……""老鹰眼"搔搔头皮,感到十分为难,说:"小姐能否借一步说话?"

"可以。"陈滋萱点点头,跟着"老鹰眼"到了一个离哨卡稍远的墙角,说,"请讲。"

"老鹰眼"神秘地说:"不是我不给小姐面子,实在是'三五'最近太猖獗了,已经抓了好几批了,我们不得不防啊。"

陈滋萱轻声说："可是她也不像'三五'啊。"

"老鹰眼"撇了撇嘴说："很难说，最近抓的几个'三五'情报员，有一个就打扮成卖梨膏糖的，有一个打扮成要饭的，还有一个甚至还打扮成阔太太，带着用人，拎着皮箱，最后都被我们识破了。"

陈滋萱注意到，"老鹰眼"在说到那个打扮成阔太太，带着用人，拎着皮箱的共党情报员时，还用眼睛迅速扫了一下她的脸。她顿时产生了毛骨悚然的感觉，不错，这"老鹰眼"看起来对她客客气气的，其实丝毫没有放松对她的怀疑和警惕，这是一个很难对付的可怕家伙。不能再在这里僵持下去了，必须迅速离开，否则夜长梦多，万一这"老鹰眼"又搞出什么花样，生出什么枝节，她们个人牺牲事小，完不成组织交给的任务，那才是大事。这么一想，陈滋萱便决定采取以守为攻的第二套方案。她走到田阿大跟前说："既然老总的上峰有令，也不能为难他们。要不这样，我正好也去浒山，你若有东西要捎给你娘舅，我可以替你送去。"

田阿大会意，哭着说："我也没有多少钱，篮里只有几包土香烟，那就麻烦小姐把这几包烟捎给我娘舅，就说我这个外甥女不孝，请他老人家原谅，呜——呜——呜——"田阿大边哭边把篮里的5包土烟和一点钱递给陈滋萱。

陈滋萱接过烟和钱之后，冷冷地对"老鹰眼"说："怎么样，这烟你也要检查吗？要不拆开来看看？"

"老鹰眼"正在犹豫，旁边的用人"阿香"拉下脸来说话了："这也太过分了，小姐，这事我要告诉老爷去，让老爷出来评评理。"

　　没想到"阿香"的这句话还真发挥了作用，这"老鹰眼"可不傻，他刚才听这小姐说她有个大哥在国防部任职，现在又听这用人说要叫老爷出来评评理，说明这老爷说话肯定是有分量的，这小姐家的背景究竟有多深、有多厚，实在是个谜。万一真的得罪了面前这小姐，不仅他的饭碗要砸，恐怕他的上峰也会吃不了兜着走。俗话说，好汉不吃眼前亏，识时务者为俊杰，还是别自找麻烦了。这么一想，便赶紧伸出手臂，谄媚地笑着对陈滋萱说："不用检查了，不用检查了！请小姐走好、走好。"

智闯虎关

○ 军事重镇小越镇现貌

○ 秘密打入敌伪组织的中共地下党员何畏

○ 日伪谍报机关用的美式电台

○ 当年用来书写情报的香烟纸

○ 当年日伪的岗楼

反顽立功

觅敌

持续了十余天的浙东反顽自卫战在攻下虞北大镇谢家塘镇中的一幢二层小洋楼之后,就接近尾声了。因为,企图聚歼浙东抗日武装的"忠义救国军海南指挥部"司令艾庆璋及其随从已被包围在这幢小洋楼里,再过半小时,不,也许只要几分钟,攻楼的战士就会一鼓作气冲进这小洋楼瓮中捉鳖,艾庆璋即便长着两只翅膀,也飞不出这幢小洋楼。届时,咬牙切齿的战士们定会将长着满脸胡子的艾庆璋揪出来,把这个沾满着游击队员和老百姓鲜血的刽子手交由人民去审判。

追击艾庆璋部的三五支队主力是在昨晚抵达谢家塘外围靠海边的几个村庄的。他们先以优势兵力解决了国民党平湖县县长谢友生及他的老婆黄八妹①的部队。对"双枪黄八妹",民间有很多关于她的传说,说她不仅惯使双枪,还会飞檐走壁,刀枪不入。其实她就是个专干杀人越货勾当的太湖女盗,并无多大本事。这不,战斗打响以后,谢友生和黄八妹见游击队像潮水般向他们涌来,早吓得三魂没了两魂,不到一个小时,部队就全线崩溃,不仅谢友生本人被俘,其部下500余人也纷纷举枪投降。只有狡猾的黄八妹在夜色的掩护中,趁混乱躲入一渔民家中,然后在其干儿子及6名随从的护卫下,爬上杭州湾边的一条渔船,仓皇逃脱。据谢友生交代,其上峰艾庆璋及主力现已逃至谢家塘镇,他的指挥部就设在谢家塘镇那幢有名的二层小洋楼里。这与三五支队的侦察人员掌握的情报基本吻合。

然而,谁也没想到,当主攻部队一鼓作气攻入小洋楼时,战士们找遍了楼上楼下的角角落落,却不见艾庆璋其人,连他的随从也未见一个。这就奇了怪了,是谢友生谎报军情?是我们的情报有误?还是艾庆璋趁乱逃跑了?可是他又能逃到哪里去呢?

就在第3天下午,有一个手臂里挎着一只竹篮、篮里放着

---

① 又名黄百器,闺名翠云,上海金山县人,因双手能使枪,人称"双枪黄八妹"。抗战爆发后,曾打过日伪军。曾任特务大队队长、县自卫大队队长、浙江省绥靖第一团团长、东南人民反共救国军海北纵队司令、"中华妇女反共抗俄联合总会浙江分会"主任等职,后逃到台湾,1982年病逝。

两条"美人"牌香烟的卖烟女急匆匆来到了谢家塘的洋楼里。这洋楼现已成了三五支队的指挥部。卖烟女到了门口后,对站岗的战士说:"同志,我要找首长,有急事报告。"

战士听这卖烟女说要找首长,估计就是自己的同志,赶紧跑进去通报,很快就出来了一位首长。战士说:"这是我们的刘参谋长。"

卖烟女说:"首长,我是从小越过来的,我有重要情报要向您报告,艾庆璋已逃到小越了。"

刘参谋长一听,当即把卖烟女请进里面,见她走得满脸通红,额头上已沁出汗来,赶紧叫警卫员给她倒来一杯水,说:"别着急,先喝口水,慢慢说。"

卖烟女说:"我叫黄慧姬,是虞北区委委员。我们在小越镇上开了一家香烟店,今天早上有一个伪军来买香烟时向我们透露,艾庆璋在谢家塘吃了败仗后,已经逃到了小越据点,与季槐林勾结在一起。现两批人马合起来,差不多有500多人了。"说着从篮中取出一包香烟,抽出其中的一支,说:"这是艾庆璋逃到小越据点的人数及武器配备等情况,全写在这香烟纸上了。"

刘参谋长接过黄慧姬递给他的那根烟,拆开后,交给旁边的警卫员说:"快交给张参谋,马上把作战方案做出来。"说完,转过身,兴奋地击着手掌说:"太好了,太好了!你们的情报太重要了!哎,请问黄同志,小越镇大山下村有个卷烟厂,你知道不知道?"

黄慧姬笑着说:"首长,我就是大山下美人弄卷烟厂的党支部书记啊!"

刘参谋长一听,当即伸出手来,紧紧地握住黄慧姬的手说:"啊呀,了不起啊,了不起啊!真是只闻其名,不见其人啊!今天终于见到你们了,你们送来的情报不仅多、准,而且快。在我们司令部,尤其在敌工部,大山下美人弄卷烟厂可是大名鼎鼎啊!我们一直想给你们请功,没想到今天你们又立了一大功。"

黄慧姬笑着说:"首长,我们做得还不够,还要继续努力啊。"

刘参谋长说:"听说烟厂里都是些女同志?"

黄慧姬说:"是的,有八个,她们都是党员。"

"不简单,不简单啊。"刘参谋长正说着话,黄慧姬见有个参谋人员拿着一份文件走进来,见她这个陌生人在旁,一副欲言又止的样子,刘参谋长说:"自己人,说吧。"

参谋报告说:"首长,这是根据刚才送来的情报修订的攻打小越镇的作战方案,请您审定。"

刘参谋长笑着说:"张参谋,你知道那份情报是谁送来的吗?"

张参谋说:"不清楚,不过,能如此快速地摸到艾庆璋的下落,又如此准确地掌握艾部的人数和武器装备,应是敌工部的同志所为。"

刘参谋长一听，大笑着用手点着张参谋说："错了,错了。"

"那……是谁?"

刘参谋长笑着说："远在天边,近在眼前。"

"她?"张参谋看着黄慧姬说。

"对。向你介绍,黄慧姬同志。你不是常说小越大山下村美人弄卷烟厂送来的情报很重要吗?她就是美人弄卷烟厂的党支部书记,现在明白了吧?"

"啊呀,真是感谢你们啊!"张参谋紧握着黄慧姬的手说："巾帼英雄,巾帼英雄啊!"

黄慧姬说："首长,我要回去了。攻打小越镇,我们的任务是什么?"

刘参谋长说："你回去后,要密切注意季槐林和艾庆璋部的动向,尤其要关注百官、崧厦、五夫等几个据点敌人的动向。小越离这些据点都很近,战斗开始后,敌人很有可能会出来增援、接应。坦率地说,按我们现在的力量,还没有办法同时阻止多股敌人的增援和接应。故你和同志们务必要摸清敌人的动向,一发现敌人有出动的迹象,要立即向我们报告。"

"是,保证完成任务。"黄慧姬说。

张参谋说："战斗打响后,我们会派出警戒部队监视几个方向敌人的动向,如情况紧急,来不及向我们报告,你们可与我们的警戒部队联系。"

"好的。"

张参谋又补充说:"小越我们人生地疏,请你回去后,给我们找几个熟悉当地地形的老乡。此外,也请给我们准备一些船只和找一些抬担架的民兵。"

黄慧姬说:"没问题,我回去就办。"

刘参谋长摊了一下手说:"瞧,这么多任务都压在你们的肩上了。按理说,这么重的担子不该由你们女同志去挑,但是现在没办法,只能请同志们谅解了。"

黄慧姬笑着说:"首长,这我可对您有意见了,什么男同志、女同志,干革命男女都一样,有什么任务,您就交给我们吧。"

刘参谋长点点头,紧紧握了握黄慧姬的手,说:"回去后,向同志们问好。"

歼敌

小越攻坚战于12月15日凌晨打响。

小越是个大集镇,三面环山,一条横贯南北的主河道穿镇而过,另有其他的支流纵横交错。尤其是镇内桥梁众多,从南到北的主河道上就有飞凤桥、朝宗桥、会源桥、永镇桥等6座。自西向东又有永宁桥、渡航桥2座。另支流上又有鹤院桥及马河江桥、福山桥等多座。因此,从军事上来讲,小越是一个易守难攻的地方。

据美人弄卷烟厂情报站提供的情报显示:敌人为防止三五支队从水上突入镇内,已经在河道入镇的口子上和各座桥上设置了障碍,在马面山和伏龙山各建有多个高层碉堡,碉堡周围挖有多条环形战壕。伏龙山的碉堡还连着几间小屋,可用火力控制全镇。

艾庆璋现已躲进季槐林司令部所在地太史第台门里。因时间仓促,他们来不及构筑新的工事,只能利用现有房屋作为依托,企图负隅顽抗。

鉴于敌人的火力、工事及附近据点的敌人可能前来增援的状况,指挥这次战斗的三北游击司令部刘亨云参谋长决定采取夜间袭击速战速决的作战方案。也就是说,自战斗发起后,必须在一天之内结束战斗,否则,有可能发生变故甚至陷入被动。

负责此次战斗主攻任务的是三北游击司令部第四支队,由该支队副支队长张季伦负责指挥。

12月14日晚,参战部队在向导的带领下,从谢家塘出发,直奔小越。刘参谋长走在部队的前头,他的身后紧随着警卫员陈才林及张参谋等人,不料才走了几步,黑暗中有一个人气喘吁吁跑了上来,说:"首长,我也要参加战斗。"

刘参谋长用手电筒光一照,见是司令部电台报务主任秦基,他的身上背着一只2.5瓦的小功率电台。刘参谋长说:"不是说电台、机关和后勤人员都在原地留守吗?"

秦基说:"首长,我是电台人员,应该跟在您的身边。"旁边的张参谋说:"首长这样安排,主要是要保证电台人员的安全。"

秦基说:"此前我曾多次发送过大山下美人弄卷烟厂送来的情报,对小越的情况有一定的了解,我应该跟在首长的身边。至于安全,我一定会注意的。"

"你这小鬼,"刘参谋长无奈,只好说,"那你把电台运输班班长沈林根也带上,你们就跟着陈才林,不许乱跑。"

"是!"

经过半夜急行军,部队于15日凌晨抵达小越镇外的一个小村庄。刚停下,走在最前面的尖刀班带了两个中年人来见刘参谋长,其中一个高个子说:"首长,我姓陈,是附近闸头村的民兵,是美人弄卷烟厂的黄慧姬同志叫我来这里给你们带路的。"

另一个说:"首长,我也是黄慧姬同志叫我等在这里的,我们的担架队和船只就在前面的河湾里。"

刘参谋长一听,紧紧地握着他们的手说:"谢谢地方的同志们,太感谢你们了!"说着,在这两位地方同志的引领下,刘参谋长来到了路边一间小平房,平房里点着两盏豆油灯,四周的窗户已用黑布遮起来,刘参谋长一看,赞叹说:"你们考虑得真周全啊。"那个高个子的地方同志说:"这也是黄慧姬大姐关照我们的。"

这时,张参谋已把军用地图摊在桌子上。经刘参谋长与张季伦副支队长决定,具体的作战部署为:主攻放在正面,在当地向导的带领下,利用小船、跳板、长梯、棉被等工具,由北向南,沿河道往镇中心打。东、西两翼,以强攻马面山和伏龙山的碉堡为战斗目标。正面部队待两翼得手后再行动。为保证战斗发起时能一举轰塌敌碉堡,赵煦照听说附近村里有一门黄檀木土炮,威力很大,于是专门去借来,拖到了战场上。

当天夜里,小越攻坚战正式打响。首先,攻击部队在迫击炮和黄檀木土炮的轰击下,很快将马面山和伏龙山上的两座碉堡轰开缺口,并当即点燃了烈火。当睡梦中的敌人被炮声震醒并在烈火的炙烤下开始狼奔豕突冲向碉堡门口时,碉堡的大门已被攻击部队的多挺机枪封死,雨点般的子弹打在碉堡和木门上,发出炒豆子般的声音。很快,攻击部队冲上了山顶,冲进碉堡,战士们大喊:"举起手来,缴枪不杀!"

在攻击部队拿下马面山和伏龙山之后,担任正面攻击的部队开始以稠密的火力沿街河向敌人发起攻击。附近的民兵和群众,也撑着船,背着大刀,举着土枪前来助战。已占领马面山和伏龙山的我攻击部队,也腾出手来往镇中心的太史第台门猛压过来。顿时,山上山下,炮声轰鸣;大街小巷,杀声震天。一串串子弹曳出红红绿绿的光带,纵横交错地划过夜空,道道亮光倒映在河面上,十分壮观。

这时候,刘参谋长命令:"吹冲锋号!"顿时,他身后三名号兵举起军号,同时吹响了冲锋号,尖厉急促的号音响彻夜空。张季伦副支队长举着驳壳枪大呼:"同志们,冲啊!"

"冲啊!"

"杀啊!"

随着此起彼伏的呐喊声,张季伦副支队长率领四支队数百名勇士,像一股钢铁洪流,越过一座拱形石桥后,勇猛地突破正面之敌,杀向镇中心敌指挥部所在地太史第台门。

此时此刻,在离小越4里远的福祈山山顶上,美人弄卷烟厂的同志们正站在山顶的最高处,她们一个个瞪大着眼睛,屏住了呼吸,极目眺望火光冲天和激烈枪炮声不断的小越镇。

"听,那炮真响啊,一定是那门黄檀木土炮打的。"赵煦照兴奋地说。

"要是我们也能参加战斗就好了!"田阿大捏紧着拳头说:"就是去现场背背伤员,为战友们递递水也好啊。"

"会有机会的,同志们,"黄慧姬说,"但是现在我们还不能去战场上露面,我们的阵地在这里。首长说了,我们这里就是特殊的战场,就是无声的战斗,接下来还有更艰巨的任务要我们去完成。这就是首长不让我们去战斗现场的原因。"

就在黄慧姬说话时,不知谁说了句:"听,枪声少了,哎,怎么停了?"

她说的没有错,枪声是少了,又渐渐地停了,因为小越攻坚战已接近尾声了。从战斗发起到结束,前后只用了一个多小时。

此时,秦基正跟随刘参谋长及司令部的人员冲进小越镇中心的太史第台门里。他带着沈林根一脚踹开了其中一间厢房的门,用手电筒一照,只见有一伪军军官正坐在被窝中慌乱地穿衣服,秦基当即用手电筒光射向他的眼睛,大喝一声:"不许动!"那军官连忙用左手遮挡手电筒光柱,右手则慌乱地伸向枕头下,秦基又大喝一声:"举起手来。"然后飞步上前,抢先从那枕头下面搜出一支老旧的"扁七"手枪(呈扁形的7英寸小手枪)。与此同时,沈林根也扑上前去,将那军官从被窝中拖了出来。

从厢房出来,两人见刘参谋长、张参谋及警卫员陈才林等在前面跑,追上去后,见旁边有一房间的门开着,刘参谋长当即冲了进去,用手电筒光一照,发现是一个大房间,房中大床上的棉被已被掀起,床上不见人影,一双来不及穿的长筒毛皮靴还留在床前,床栏上搭着一件全新的毛皮大衣,还有一条军用皮带,皮带申着的手枪皮套上插着一把小手枪。刘参谋长伸手将小手枪拔出,一看,是一把乌光锃亮的崭新"扁七","好枪!"刘参谋长说完,将枪插回枪套后,连同皮带一起往警卫员陈才林脖子上一挂,说,"给我拿好。"

正要离开房间,有位战士发现床头还有一只锁着的红色小手提箱。刘参谋长看了看箱子后,揶揄说:"可以肯定,这是季槐林的房间,这家伙跑得倒快。"说完,转身叮嘱秦基:"这箱子你保管好,里面可能有重要的文件。"

真的是兵败如山倒,树倒猢狲散。一个多小时前,这里还是小越伪军头目季槐林和顽军艾庆璋的联合司令部,而现在,却已是硝烟弥漫,人去楼空。跨过遍地狼藉的水门汀地面,正陪刘参谋长往前走的警卫员陈才根突然发现脚前有一根发亮的东西,拾起来一看,是一根手杖,长约1米,呈棕红色。刘参谋长接过手杖,用手在扶手上用力一拉,扶手和杖身顿时分开,只见扶手下面是一件暗器——一把闪着寒光的尖刀。刘参谋长笑着说:"这是艾庆璋的手杖,可见这家伙逃的时候有多狼狈。"

张参谋说:"首长怎么知道?"

刘参谋长说:"艾庆璋这人喜欢摆派头,摆洋谱,平时手里总喜欢挂一根司的克,就是手杖。上海人有句顺口溜,叫'眼上克罗克,嘴里茄力克,手里司的克',有这三'克'(分别指眼镜、雪茄和手杖)的人,派头就大了。"

张参谋钦佩地说:"首长的知识真渊博啊。"

刘参谋长笑着说:"什么知识渊博,我也是从报纸上看到的。"

正说话时,有侦察人员匆匆跑来报告,说艾庆璋和季槐林带着几个随从已逃过了曹娥江,直奔大后方去了。艾庆璋逃前专门叫人剃光了那一脸漂亮的胡须,还换上了一套老百姓的旧衣服。另有目击者称,季槐林出逃时,还赤着脚,几个随从只穿着花裤衩……

刘参谋长一听,哈哈大笑,说:"这季槐林和艾庆璋,也太没出息了,这么几天工夫,就被我们报销了两三千人马,现在都成了光杆司令了,哈哈哈……"笑毕,问张参谋:"秦基呢？"

秦基正蹲在地上捣鼓那只从季槐林房间里搜出的小箱子，打开后，发现里面并无重要的文件，只是一些做生意的账簿。听参谋长叫他，他立即跑过去。刘参谋长说："马上向何司令、谭政委发报，就说小越据点已经拔除，我们又取得了一个大胜利。"

秦基说声"是"，正要转身去发报，又被刘参谋长叫住了，说："你不是老向我要一支手枪吗，喏，今天满足你。"说着，走到四支队一位中队长跟前，这位中队长的肩上已挎着一支德国造二十响快慢机，腰间的皮带上还别着一支带枪套的德国造 6 英寸毛瑟小手枪，刘参谋长笑着对中队长说："怎么样，**发扬**一下风格，司令部的电台报务主任没有手枪，我脸上也无光啊。"

中队一听，明白首长的意思了，连忙把那支手枪连同枪套一起取下来，交给刘参谋长。刘参谋长把小手枪交给秦基时说："陈才林也想要这支手枪，他知道你要这支手枪，就把它让给你了。"

"谢谢首长。"

"也应该谢谢陈才林同志。"刘参谋长开玩笑说。

"是，谢谢陈才林同志。"

正在旁边的陈才林笑笑说："谢什么呀，下次我一定从敌人手里缴一把更好的手枪给你。"

这是 17 岁的陈才林对 17 岁的秦基的庄严承诺，然而这个承诺陈才林无法实现了，因为在北撤后的泰安战役中，年仅 20 岁的陈才林壮烈牺牲了。

○ 刘亨云参谋长

○ 至今保存完好的"小洋楼"

○ 小越战斗遗址

反顽立功

○ 黄檀木土炮筒

○ 张季伦

○ 警卫员陈才林

○ 腰别缴获的 6 英寸毛瑟小手枪的秦基

新的战斗

嘉勉

"同志们,首长表扬你们了,还要为你们请功!"赵平一走进烟厂的工场间,就笑着对围在她身边的姑娘们说,"还说你们都是女英雄。"

"真的啊!"王巧珍开心地拍起手来,说,"女英雄,多了不起啊。"

"可是,我们离真正的英雄还相差很远哩。"刚从宿舍走出来的黄慧姬笑着说。

赵平这天穿着一套黑旗袍,黄慧姬一见便感到很诧异,问赵平:"赵书记,您那套淡蓝色旗袍呢?"

赵平平时只有一套旗袍,还是她从老家诸暨带来的,她笑笑说:"就是这套啊。"原来虞北地区靠海边,水质盐分高,那套旗袍洗着洗着就变成一块灰、一块白的了,难看得不得了。更要命的是,赵平这段时间生着严重的"革命疮"(即疥疮。战争年代因环境恶劣,条件艰苦,很多同志都生过疥疮,大家戏称它为"革命疮"),浑身搔得鲜血淋漓,旗袍上也沾上了很多血迹,无奈之下,她只好把旗袍染成了黑色。

"太难看了!"黄慧姬说,"我这里有一套,您拿去穿吧。"

赵平说:"我才不穿你的旗袍,你给了我,你外出时穿什么?"

赵平说的"外出"当然是指执行任务,问题是,黄慧姬也只有一套旗袍。所以,当赵平这么一说,她也只好叹了口气说:"唉,什么时候有钱了,我一定要做两套旗袍。"

赵平一听,开玩笑说:"你也太小家子气了。等革命胜利了,我们都做它十套八套的,也好风光风光。姑娘们,你们说对不对?"姑娘们一听,都开心地笑了起来。

赵平这次是代表三五支队首长来向美人弄卷烟厂的同志们表示感谢的。小越攻坚战结束后,正在组织担架队运送伤员的赵平在太史第台门里见到了刘参谋长,在汇报完虞北区委的工作后,刘参谋长说:"赵平同志,因为隐蔽工作的纪律,也为了大家的安全,这次我不能去美人弄卷烟厂看望同志们了。请你在方便时,代表我、代表司令部、代表敌工部向同志们表示感谢,告诉她们,我们很快就会见面的。"

"你们知道,这次战斗,我们取得了多大的胜利吗?"见大家摇摇头,赵平说,"听司令部的张参谋说,这次反顽自卫战共历时18天,打了29场仗,我们消灭了敌人2000多人,还缴获了轻重机枪30挺、长短枪千余支。"

"真的啊！"

"更重要的是，"赵平说，"通过这次反顽自卫战，不仅削弱了顽固派在三北的军事基础，改变了三北的斗争形势，使三北的大多数地区为我们所控制，同时，也为我们以后在三北站稳脚跟，发展抗日根据地打下了基础。告诉大家一个好消息，在我们虞北夏盖山一带，也建立了我们自己的武装，叫余上自卫大队。"

"啊，我们虞北也有自己的武装了，我们的心里就更踏实了。"

赵平继续说："同志们，所有这些成绩和胜利，也有你们的一份功劳啊。不错，你们虽然没有去战场上与敌人进行面对面厮杀，但你们是在隐蔽战线上，与敌人进行着一场特殊的战斗。所以首长说，这次反顽自卫战的胜利，你们功不可没。"

大家一听，兴奋得连脸都红了。柴华英说："赵书记，我们能鼓鼓掌吗？我们轻点。"

赵平点点头，说："当然可以。"

就这样，在大山下美人弄1号这间小小的工场间里，8位年轻的女共产党员，为了自己的理想，为了取得的胜利，更为了光明的前途，轻轻地鼓起了掌。尽管此刻她们心潮涌动，激情澎湃，但因为村里还有奸细，敌人就在附近，她们只能压抑着、控制着、忍受着。但总有一天，她们这种炙热的情感会像岩浆一样喷发出来,会像鲜花一样盛开、怒放。

赵平这次来大山下,当然并不仅仅只是来传达首长对烟厂同志们的感谢的。作为新任余上县委崧厦区委书记,她还有一项重要的任务要交代。

针对反顽自卫战后抗日力量的发展和日伪最近的"清乡"动向,上级要求崧厦区委进一步加强对一些日伪控制的重要据点的情报搜集工作。为此,经余上县委同意,崧厦区委决定在崧厦镇的严巷头村再设立一个情报站。因严巷头村驻有滕祥云部的一个连,把情报站设在这个连的旁边,看似有危险,实则更安全,就像当初把卷烟厂开在小越日伪据点旁的大山下村一样。这个情报站以一家织布厂为掩护,在物色人员时,因李爱玉有个亲戚在这个村,她算是一个。当地女共产党员郑阿毛的侄媳叶莲子会用织布机,而且其丈夫陆永顺也是地下党员,政治上较可靠,她也是一个。织布厂至少得3个人,还缺一个人,新任崧厦区委副书记黄慧姬考虑再三,决定派一个经验丰富、沉稳老练的同志去,这个人非田阿大莫属。

就这样,这家由3个女子组成的织布厂开始生产营业。织布厂由叶莲子负责织布,由田阿大、李爱玉负责到附近的日伪据点内进行推销,由此搜集了滕祥云部的大量情报。这些情报由田阿大或李爱玉及时送到美人弄卷烟厂,再由黄慧姬派人送到余上县委或三北游击司令部。

1943年春,经过了第一次反顽自卫战的浙东,抗日形势发生了很大的变化,但这个时期日伪军的"清乡"运动和伪化阴谋也更加疯狂。日伪军筑起了几十公里甚至上百公里的竹篱笆,妄图隔绝"清乡"区与外界的联系,扑灭熊熊燃烧的抗日烈火。但在我广大军民的奋勇反击下,日伪军的阴谋被粉碎。至此,在东西100公里、南北30余公里的三北地区和纵横40余公里的四明山地区,除了仍有少数几个日伪军据点,其余都已成了抗日游击根据地。

曾长期被汪伪军季槐林占据的小越镇上最大的古建筑太史第台门,已回到了人民的怀抱,并即将成为余上县委崧厦区委的所在地。新任崧厦区委书记赵平的居住和办公地很快就会从崧厦迁到这里。

于1942年12月15日凌晨与艾庆璋一起从这里狼狈出逃的季槐林,在大后方遭到无人理睬的冷落后,又收拢了一些喽啰,潜回了上虞。不过他再也不敢回到小越太史第台门里来了,而是先到了仍有日本兵和伪10师驻扎的百官,但百官并没有他的地盘。于是,只好窜到离小越40里远的虞东,与具有一定民族观念和抗日倾向的杂牌部队张正邦部合在一起,由季槐林任队长,张正邦任副队长。此时正逢我党派出一批政工人员到一些杂牌部队进行抗日统一战线的工作,以团结一切可以团结的力量联合抗日。如王文祥、金子明、俞德丰等同志被派到"挺五"纵队张俊升部;

黄源、金乃坚、马婉青、俞菊生等同志被派到"挺四"纵队田岫山部。当然，在做好统战工作的同时，我党并没有放松对这些杂牌部队的警惕。比如在田部，针对田岫山此人的反复无常和"有奶便是娘"的劣性，我党此前已派有一位女情报员悄悄潜伏在田岫山的身边，她叫张菊兰，其身份是田部《锦锋报》记者。在不久之后为打击田岫山三次投敌而发起的讨田战役和许岙战斗中，她送出来的情报，对战役和战斗的胜利，起到了至关重要的作用。

季槐林和张正邦的"统战"工作，由我党派出的商白苇、陈森两位同志负责，时长半年。但季槐林终究是个投机分子，劣性难改。1943年9月间，在国民党第三战区准备发起对浙东抗日根据地全面进攻前，做着升官发财梦的季槐林经不住国民党派来的特工的威逼利诱，率部赴天台投靠新主子。不料一到天台，其本人及部下就被全部缴械，最后，落得个可悲的下场。而张正邦也因此气得口吐鲜血。

新程

1943年4月,春天比往年来得似乎要早些,虽然还是春寒料峭的季节,但大山下美人弄1号围墙内的那棵栀子花,竟早早绽出了花骨朵。如果你凑上前去闻一闻,就会迎面扑来一阵馥郁的清香。

"好消息、好消息!"当23岁的柴华英摘下一朵栀子花的花骨朵,像百灵鸟一样跳进工场间的时候,仿佛把春天的气息也带进来了。于是,大家纷纷围拢来,闻着、抢着、笑着。是啊,春天是令人陶醉的季节,尤其对这些年轻的女共产党员来说,春天的来临,意味着美好的到来,意味着胜利的曙光就要出现了。

这不,就在第二天,梁弄胜利解放的喜讯就传到了大山下美人弄1号。接着,浙东区党委、三北游击司令部进驻梁弄,梁弄成了浙东抗日根据地的政治军事中心的好消息也像春风一样吹到了大山下美人弄1号……而对烟厂的同志们来说,更直接的好消息还有一个,那就是原驻崧厦的崧厦区委办公地点这时也从敌占区迁到了小越太史第台门。这意味着,从此以后,美人弄卷烟厂全体同志就要在上级领导的身边工作和生活了,她们随时可以聆听上级领导的指示和教诲,这是一件多么令人开心的事情啊。

然而,形势的发展之快是完全出乎人的意料的。就在6月上旬的一天晚上,崧厦区委书记赵平从小越来到了大山下美人弄1号。不过,敏感的姑娘们发现,这次赵书记来烟厂,好像与之前每次来时不一样,之前赵书记总要与姑娘们拉拉家常或开开玩笑,这次她的脸上似乎变得严肃了,甚至还有一点心事重重的样子,而与她们朝夕相处了一年多的党支部书记黄慧姬大姐,更是脸色凝重、一言不发。

聪敏的姑娘们马上察觉出了情况的异常,你看看我,我看看你,轻手轻脚来到了工场间。工场间里,一包刚从虞北海边的渔船上取来的土烟丝已经拆包,明天一早,制成的"美人"牌香烟将会被烟贩们购去,收入的钱,将会上交给组织。据负责销售的金雨青大姐说,自烟厂开张以来,烟厂交给组织的钱,由伪币兑换成银圆后,已经超过了2000元,这可是一笔不小的数字啊。

"都来了吗?"赵平扫视了一下面前坐着的姑娘们,声音低低地问。

"都来了。"黄慧姬亦声音低低地回答。

"好的,同志们,我们现在开一个会,这……"赵平说到这里停顿了一下,看得出,她在极力控制自己的情绪,然后她抬起头来说:"这是我们最后一次会议了。"说到这里,她的眼眶红了,但她很快就将泪水控制住了,严肃地说,"同志们,最近我们接连打了好几个大胜仗,抗战的形势正在向好的方向发展。上级认为,大山下美人弄卷烟厂情报站已经光荣地完成了历史使命。为了适应新的对敌斗争形势,上级决定,关闭美人弄卷烟厂情报站,同时也关闭小越的烟店,五夫的卷烟分公司亦将在近期关闭,所有同志将奔赴新的战斗岗位。"

赵平说完之后,工场间里鸦雀无声。

黄慧姬站起来说:"同志们,这是党的决定。一年多来,我们朝夕相处,共同战斗,现在我们马上就要分别了,但我们还会在一起战斗的,我……"黄慧姬说到这里,突觉一股热流涌上了眼睛,她想控制住,但是她做不到,只能转过头,任凭这东西抑制不住地喷涌出来。

都说流泪是会传染的,尤其对姑娘们来说,更是如此。瞧,此时此刻,在遮挡着黑色窗帘、油灯摇曳的美人弄1号工场间里,这些在血与火的斗争中机智周旋、出生入死,甚至天不怕、地不怕的共产党员们,在自己的上级面前,在情同手足的姐妹面前,在生死与共的战友面前……她们不想掩饰自己的感情,泪流满面、尽情倾诉……

　　哭吧、哭吧,坚强的姑娘们,几天之后,你们就要离开这里,到新的岗位上,去工作、去战斗、去杀敌……

　　让珍贵的泪水为我们的女英雄们壮行吧。

尾声

从 1943 年到 2023 年,漫长的 80 年过去了。今天,当我们以崇敬的心情跨入大山下美人弄卷烟厂旧址的大门,在昔日的卷烟工场间、在宿舍和灶间、在曾藏匿过情报和进步书刊的园子里流连时,仿佛又看到在那个刀光剑影、硝烟弥漫的年代,巾帼英雄们在波云诡谲的情报战线上与敌人斗智斗勇的飒爽身姿。

现在,让我们拨开历史的烟尘,去寻觅当年在美人弄 1 号情报站与敌周旋斗争的女英雄们的战斗足迹吧。

赵平,又名赵觉凡,诸暨草塔镇都府村人。大山下美人弄 1 号情报站的直接领导人。曾任中共上虞县工委宣传部部长,余上县虞北区委书记、崧厦区委书记(辖崧厦、沥海、小越)。美人弄 1 号情报站完成使命后,于 1943 年 6 月调中共慈镇县委，任特派员、浙东区党委城工部鄞西交通站负责人等职，再次战斗在隐蔽战线上。新中国成立后，任宁波市总工会组织部副部长、宁波市妇联副主席等职，1966年10月退休（后改为离休），2001年去世。

郭雪聪，嵊县（今嵊州市）长乐镇石砩村人。1941年12月任大山下美人弄卷烟厂党支部书记，1942年1月调离，任三北游击司令部军需材料股股长、织布厂厂长。北撤后，任新四军一纵队政治部审计组副组长、纵队后方留守处妇女队队长。新中国成立后，任浙江省直属机关儿童保育院副院长。1951年调福建省，历任中国人民解放军第十兵团后勤部被服厂教导员，兵团司政保育院院长、托儿所所长，福建省总工会劳保部部长、机关党支部书记，福建省西湖疗养院院长等职。1994年去世。

黄慧姬，1911年出生在余姚梁弄镇一工商地主家庭。曾就读上虞春晖中学，在夏丏尊、丰子恺等名师的教导下，接受民主革命思想的启蒙教育。1940年入党，1942年1月任大山下美人弄卷烟厂党支部书记，同年11月任余上县虞北区委委员及崧厦区委副书记。1943年夏离开大山下美人弄卷烟厂后，任谢桥区委副书记。1945年10月奉命北撤，后又参加解放战争，任华东野战军第一纵队政治部民运干事。新中国成立后，任上海市机关幼儿园党支部书记等职，后与其丈夫、时任上海普陀区区长的赵虞，支援安徽工业建设，赵虞任安徽省煤炭厅党组成员、副厅长。黄慧姬因在战争年代受过严重创伤,于1975年去世。

赵煦照,1901年出生,上虞县驿亭赵岙村人。嫁到小越大山下村后,因受夫家歧视、打骂,遂奋起反抗,与丈夫决裂,之后独自将女儿陈立强(夏永生)培养成人,并鼓励女儿走上了革命道路。1941年12月,党决定在大山下村开办一家卷烟厂,以从事情报搜集与传递工作。赵煦照慷慨提供自己在美人弄1号的空房子,并为烟厂搜集传递情报及护送领导去根据地等做了大量工作,从而光荣地加入了中国共产党。卷烟厂关闭后,赵煦照仍留在大山下村。其间,曾受党组织委托,两次去敌人的监狱探望被捕的女儿及其他同志。新中国成立后,赵煦照随女儿在杭州生活。1995年去世,享年94岁。

陈滋萱(周天军),1921年出生于上虞县小越镇大山下村一富商家庭。小学毕业后,以优异成绩考入春晖中学,在学校民主进步思想及早年投身革命的二哥陈宗钰的影响下,投身抗日救亡活动,并于1939年加入了中国共产党。陈滋萱是建立大山下村美人弄卷烟厂情报站的具体牵线人,在情报站建后,她虽不长驻卷烟厂,却是卷烟厂中的一员,在搜集和传递重要情报时,是一位主要参与者。卷烟厂完成历史使命后,陈滋萱奉命赴余姚城工委,与中共三北地区(秘系)余上特派员余先(化名陈学甫)假扮成"夫妻",在余姚县城华竹堂邵家弄地下党员闻志林家里，以开设鸿兴面店为掩护，从事情报搜集工作。浙东纵队北撤时，陈滋萱与余先奉命留下。同时，应组织要求，两人正式结为夫妻，并在浒山白沙路，以自制土纱线袜为掩护，继续从事情报搜集工作。新中国成立后，陈滋萱在余姚县妇联、浙江省人民法院等单位工作。1954年，时任中共余姚县委副书记的余先调往中共中央高级党校工作，陈滋萱亦调往中共中央高级党校，任教务科副科长、图书馆党支部副书记等职。2017年，陈滋萱在北京去世。

倪爱史（又名陈菊英、朱彩珍、陈洁行），1922年出生，上虞横路（今属余姚市）人。1942年加入中国共产党。1942年8月，任大山下村美人弄卷烟厂五夫卷烟分公司负责人，在五夫爱国人士杜婉容的支持下，搜集五夫及余姚马渚日伪据点的情报。卷烟分公司关闭后，调任余上县中和区委组织干事、马渚区委组织委员、民运队长、梁湖区委书记等职。抗战胜利后，随部队北撤到山东。转战于山东、安徽、河南、江苏等地，参加了宿北、鲁南、莱芜、孟良崮、豫东、淮海、渡江、解放上海等战役，多次立功受奖。新中国成立后，曾在浙江、南京、上海等地任职，粉碎"四人帮"之后，任上海财经学院党委委员、组织部部长。1994年去世。

金雨青，出生年月及家庭地址不详。中共党员。1941年12月至1943年6月在大山下村美人弄卷烟厂从事情报工

尾声

作。其间,丈夫周建民(陈一文)受党组织委派,在策动一支伪军部队起义时被人告发,最后,被日军当众枪杀。丈夫牺牲后,金雨青强忍悲痛,拖着怀孕的身子,多次出色完成重要情报的搜集及传递任务。卷烟厂关闭前夕,为迎接更加险恶严峻的斗争形势,金雨青忍痛将不满两岁的儿子周林委托赵煦照的哥哥赵光行抚养。不料在不久后,小周林患急病,虽经土郎中治疗,最终没能救活。此时,卷烟厂已经关闭,所有人员都已奔赴新的战场。在无法告知金雨青的情况下,赵光行为孩子做了一具小棺木,将其埋到赵奋村后的象山上,以便有朝一日给金雨青一个交代。然而遗憾的是,直至新中国成立,金雨青也没有来找自己的儿子。后经她的卷烟厂战友及受她护理的陈杰多次寻找,也未寻得她的下落。

田阿大,上虞县百官镇蒋家弄人。出生年月不详。1941年2月,在共产党员施惠敏(史招荣)的引导下,加入由赵平、施惠敏、陈滋萱、李爱玉、许春仙、陈月娥等人为店员的"百官战胜女子商店"。这期间,田阿大加入了中国共产党。8月,百官战胜女子商店因暴露而关店,田阿大被调到美人弄卷烟厂。1943年2月,田阿大与李爱玉被派往崧厦严巷头村,以开织布厂的名义从事情报搜集工作。同年6月,美人弄卷烟厂与崧厦严巷头村的织布厂相继关闭。之后田阿大被调往何处,又从事何项工作,不详。

李爱玉,上虞县湖田人,夫家五夫茅家溪。年轻时守寡,在县政工队组织的村妇女识字班接受了党的教育,后参加了革命。1941年2月加入由赵平、施惠敏、陈滋萱、田阿大、许春仙、陈月娥等人为店员的"百官战胜女子商店",从事情报搜集工作。后商店因暴露而关闭,李爱玉被派往美人弄卷烟厂,继而又被派往小越镇,在汪伪军季槐林部旁开设香烟店,搜集了大量汪伪军的情报。1943年2月,受组织派遣,李爱玉与田阿大去崧厦严巷头村,以开办织布厂的名义秘密设立情报站。同年6月,为适应形势发展,大山下村美人弄卷烟厂和严巷头村织布厂相继关闭,李爱玉之后调往四明山革命根据地。据茅家溪101岁老人马桂香回忆,李爱玉在去四明山革命根据地之前,曾回过一次茅家溪。那天已是傍晚,李爱玉来家里取衣服,不料一进家门,就被村里的汉奸恶霸"春发胡子"盯上了,当时李爱玉家里只有"小脚娘娘"(浙东一带的人叫奶奶为"娘娘")和阿嫂两个女人,原来有个小叔子,后也上四明山参加游击队了。"春发胡子"扬言要把李爱玉绑到五夫的日伪据点去领赏,李爱玉的奶奶只好一手提着一壶酒,一手拿着一碗炒鸡蛋去求他。就在奶奶苦苦哀求"春发胡子"不要去告发时,李爱玉拎着一只小皮箱从后门逃出,跳上一只小船渡过荷花池,钻入庙山的树林里跑了。此后李爱玉再也没有回过茅家溪,她后来究竟去了哪里,又从事何项工作,不详。

周爱珍,出生年月及家庭地址不详。中共党员。1941年

12月,受组织派遣来美人弄卷烟厂从事情报搜集工作。1943年6月烟厂奉命关闭后,组织上将她调往何处,又从事何项工作,不详。

柴华英,上虞蒿坝人。出生年月不详。中共党员,1941年12月,受组织派遣来美人弄卷烟厂从事情报搜集工作。1943年6月,卷烟厂奉命关闭前1个月,已调往虞北区八一工作队,与雷行、王志英等同志一起,活跃在谢家塘、盖北、金山盐场一带,发动群众开展对敌斗争。柴华英之后的工作、生活情况不详。

王巧珍,出生年月及家庭地址不详。中共党员,1941年12月,由组织调来在美人弄卷烟厂从事情报搜集工作。1943年6月烟厂奉命关闭后,组织上将她调往何处,又从事何项工作,不详。

……

因为岁月的流逝,以及各种各样的原因,我们今天已很难找全当年在美人弄卷烟厂战斗过的那几位女共产党员的资料,尤其是她们中的有些人,至今下落不明。她们后来去了哪里,是否继续从事党的情报工作,她们如今是否还健在……我们已无从知晓。

但历史不会忘记她们,山河不会忘记她们,党和人民更不会忘记她们。

她们是真正的女中英豪,是当之无愧的巾帼英雄。

○ 张菊兰（左一）　　　　○ 赵煦照晚年照

○ 倪爱史与爱人金丹

尾声

○ 陈滋萱与爱人余先

○ 上虞县党政军工作人员合影。前排右六为倪爱史,右四为黄慧姬;第二排右七是倪爱史丈夫金丹,右八是黄慧姬丈夫赵虞。

○ 修缮后的美人弄卷烟厂内景

○ 修缮后的美人弄卷烟厂外景

后记

山河不会忘记你

画上《美人弄1号》的最后一个句号,我推开窗户,室外已是繁星满天。远处,传来了阵阵鞭炮声,对了,今天又是一个大喜的日子,有多少对年轻男女将步入婚姻的殿堂,然后走向美好的生活。

想到《美人弄1号》中那几位年轻的女共产党员,她们大多也只有二十几岁,年轻、活泼、健康、漂亮。如果她们生活在今天这个时代,也会像所有的年轻人一样,结婚生子,成家立业,享受美好的生活。然而,她们是不幸的,因为她们生活在一个黑暗的旧社会,而黑暗的旧社会给予她们的,只能是黑暗的生活。为此,她们哭泣过、她们迷茫过、她们挣扎过。后来,在党的指引下,她们才找到了光明。为了民族的解放,为了新中国的诞生,为了千千万万的年轻人都能"结婚生子,成家立业",过上幸福美好的生活,她们宁可牺牲自己的幸福,挺身而出,用柔弱的肩膀,扛起枪杆,走上了反抗日本侵略者、推翻这个黑暗旧社会的战斗道路。

红色历史,是上虞整部深沉厚重历史华章中的重要章节。缺了这个章节,这些可歌可泣和催人奋进的故事就有可能被湮没、被遗忘,我们的历史和文化血脉的传承链条就有可能出现断裂。

总要有人来书写这段历史,给那些在这块土地上洒下过热血甚至献出了生命的英雄们留下一些可供后人瞻仰的真实文字记录。从某种意义上来说,这也是我们给英雄们竖立的一座文字纪念碑。

正是基于这样的思考,这十几年来,我一直致力于对上虞(浙东)这块土地上红色历史的抢救性挖掘和书写,陆续创作了如《北撤》《突出重围》《阻击英雄沈树根》《英雄的旗帜》及《血战许岙》等作品,而《美人弄1号》,亦是其中的一部。与上述几部以战场环境和战斗英雄为描写对象的作品不同,《美人弄1号》是一部描写抗日战争时期我地下党情报员与日伪斗智斗勇的纪实文学作品,可以说是一部描写没有硝烟的战场的作品。书中的英雄人物并非一人,而是多名年轻的女地下党情报员,她们在日伪的眼皮底下,以开烟厂为掩护,将搜集的情报通过默写或藏匿在自己生产的"美人"牌香烟中等办法,送到三北游击根据地,为三五支队粉碎日伪顽的"扫荡""清乡",尤其为取得第一次反顽自卫战的胜利,立下大功。这可以说是一幅我党情报战线上巾帼英雄的群像图。

《美人弄1号》是一部纪实文学作品,它既是真实的,又是文学的,由此便决定了这部作品的写作难度。尤其是"纪实"这一条,毕竟80多年过去了,书中的女英雄,虽然我已找到了她们其中几人的后人,但当事者都已不在人世了,而另有几位则下落不明。这些年来,我一直在寻找她们。我想与她们对话,想了解她们在腥风血雨的年代与敌人展开情报与反情报战斗的往事,当然,我也想了解她们的生活:婚姻、家庭和工作。比如金雨青,不仅我在寻找她,当年经她护理而康复的三五支队老战士陈杰在新中国成立后也一直在寻找她。1982年6月12日,美人弄卷烟厂的直接领导人赵平在写给"四妈"赵煦照的信中曾回忆说:"金雨青同志在烟厂做产,你曾多方设法相助……所有这些,在当时生活艰苦的岁月里,更体现了珍贵的情谊,令人难忘。"然而令人遗憾的是,经过多方寻找,金雨青、田阿大、周爱珍、李爱玉及王巧珍等人至今杳无音信。她们后来究竟去了哪里?现在是否还在人世?从相关史料中看,在美人弄情报站完成历史使命后,她们又重新被分配了工作。但究竟是上了四明山,还是又继续潜伏从事情报工作,史料中没有说明。

对一个作者来说,完成了一件作品,总是一件令人轻松愉悦的事，但我的心里却总有一种沉重的感觉，因为我没有找出那几位女英雄最后的下落，故此脑海中总会不时地闪出她们灵动的形象来。瞧：那是沉稳的金雨青，旁边的是活泼的田阿大，还有那个开朗的周爱珍、沉默的李爱玉，还有单纯的王巧珍……不错，我不会放弃对她们的寻找，因为我固执地认为，她们中的某个人，或许还健在，她正在祖国的某个地方安度晚年；也许，她们中的某个人就生活在我家附近，因为信息的错失，而与我失之交臂。

在我迄今为止创作的7部红色题材的作品中，《美人弄1号》是堪称创作时间最长，从2019年发现这个题材到作品正式出版，历时近4年时间。为此，我首先要感谢易天文化公司的陶建峰，基于他对我的信任，使我在第一时间接触到这个独特的红色题材，并由此引起了有关部门的关注，开启了对这个题材的深度挖掘和拓展性开发，如戏剧、党课类微电影、莲花落、陈列馆及这一部纪实文学作品的出版等。

作为这部红色题材作品的故事发生所在地，小越镇领导对这部作品所予以的关注是令人感动的。小越是虞北的重镇，抗日战争时期浙东第一次反顽自卫战的最后一仗就发生在这里，而为这最后一仗提供情报并由此立下大功的美人弄卷烟厂就在镇辖的大山下村（今新宅村）。一个镇中拥有如此重量级的红色资源并不多见。为此，镇委、镇政府及新宅村的领导从一开始就对这个题材的挖掘、开发及创作给予了特别的关注与关心。在此,我要向他们表示衷心的感谢。

如上所述,在采访的过程中,因为几位当事人的下落不明,给本书的资料收集工作带来了诸多困难。幸亏赵煦照的侄女赵曼韵同志、外孙女高如峰同志,倪爱史的女儿万曼影同志,丁柯的女儿丁芃同志及黄慧姬的儿媳徐宁同志,三五支队老战士梁中的女儿万肖松同志等给我送来了"及时雨",她们提供的图文资料,不仅珍贵,更重要的是,使整部作品形成了一条完整的资料链,从而为本书的写作,夯实了基础。在此一并表示衷心感谢。

此外,我还要感谢为我提供了珍贵照片及当时的卷烟工具的郭雪聪亲戚郭式华同志、陈杰的儿子陈建强同志,为我提供李爱玉最后行踪的驿亭镇茅家溪百岁老人马桂香奶奶,带着我们寻访五夫卷烟分公司见证者的五夫村田亚军副主任……从某种意义上来说,他们也是本部作品的参与者,没有他们的帮助,这部作品是不可能顺利完成的。

年已97岁的秦基同志是第一次反顽自卫战小越战斗的亲历者,在我表达希望他能为本书作序时,他一口应允,在他刚刚从医院回到干休所几天后,就把一篇2000多字的序言寄来了。然而,令人没有想到的是,一个月之后,这位身经百战的英雄就溘然长逝。在此,我谨向他致以深切的悼念。

当然,我还要感谢宁波出版社。作为一家地方性出版社,宁波出版社曾出版过很多优秀的作品,在业界和作者中享有美誉。而更值得一提的是他们对红色题材的重视，笔者因为另一部作品与该出版社的编辑偶尔提及《美人弄1号》，不料数天后编辑就发来了短信，希望《美人弄1号》由宁波出版社出版，其言词之真诚恳切令人感动。这固然因为《美人弄1号》的内容与宁波有密切的关联，但我更认为是该出版社选题趋向、政治敏感和编辑作风的使然。因为，一家把商业利放在首位的出版社，是不太会对这样的题材产生兴趣的。在此，我要再次向他们表示衷心感谢。

感谢孙伯钱、郭式华、陈淑君、高如峰、陈建强、徐宁、邱忠海、秦基、丁苋、万曼影等为本书提供图片，部分选用图片，因年代久远及各种原因，而未知摄影者的名字，故统一不署名，在此深表歉意。

最后，我要感谢上虞文联的领导。从《美人弄1号》还在构思时，文联主席徐伟军同志就对这部作品予以了特别的关注，这种关注之后又延伸到作品的创作过程和出版过程。我想，将文联领导对这部作品的实质性关注仅理解为是对我个人的支持，这是片面的。而对红色题材的重视，对革命先辈的敬仰，以及对创作导向的引领，才是他们支持这部作品的出发点。在此，我要表示深深的感谢。

2022 年 12 月 6 日

图书在版编目（CIP）数据

美人弄 1 号 / 顾志坤著 . -- 宁波：宁波出版社，2023.6

ISBN 978-7-5526-5039-6

Ⅰ . ①美… Ⅱ . ①顾… Ⅲ . ①纪实文学—中国—当代 Ⅳ . ① I25

中国国家版本馆 CIP 数据核字（2023）第 106828 号

美人弄 1 号
MEIRENNONG YIHAO

顾志坤　著

责任编辑	晏　洋
责任校对	朱璐艳
封面插图	马联飞
装帧设计	金字斋
出版发行	宁波出版社
	（宁波市甬江大道 1 号宁波书城 8 号楼 6 楼）
印　　刷	宁波白云印刷有限公司
开　　本	889mm×1194mm　1/32
印　　张	9.875
字　　数	200 千
版　　次	2023 年 6 月第 1 版
印　　次	2023 年 6 月第 1 次印刷
标准书号	ISBN 978-7-5526-5039-6
定　　价	78.00 元

如发现缺页或倒装，影响阅读，请与出版社联系调换，联系电话：0574-87248279